香港專業人士實用普通話系列　田小琳　主編

責任編輯　　席若菲
叢書設計　　孫素玲
書籍設計　　吳冠曼
書籍排版　　何秋雲
錄　　音　　向友騏　高毓洺
錄音支持　　西安翻譯學院

書　　名　　**金融行業普通話**

編　　著　　田小琳　劉　鍵

插　　畫　　任媛媛

出　　版　　三聯書店（香港）有限公司

　　　　　　香港北角英皇道 499 號北角工業大廈 20 樓

　　　　　　Joint Publishing (H.K.) Co., Ltd.

　　　　　　20/F., North Point Industrial Building,

　　　　　　499 King's Road, North Point, Hong Kong

香港發行　　香港聯合書刊物流有限公司

　　　　　　香港新界荃灣德士古道 220-248 號 16 樓

印　　刷　　美雅印刷製本有限公司

　　　　　　香港九龍觀塘榮業街 6 號 4 樓 A 室

版　　次　　2022 年 10 月香港第一版第一次印刷

規　　格　　大 32 開（140 × 203 mm）208 面

國際書號　　ISBN 978-962-04-5055-6

　　　　　　© 2022 Joint Publishing (H.K.) Co., Ltd.

　　　　　　Published & Printed in Hong Kong

本書附贈 MP3 錄音，請掃描左側二維碼，或登錄網站 jpchinese.org/jrhypth 下載

香港專業人士實用普通話系列

金融行業普通話

田小琳、劉鍵　編著

目錄

附錄

前言

什麼叫普通話

普通話是中國的標準語。憲法規定，國家推廣全國通用的普通話。

普通話的標準：以北京語音為標準音，以北方方言為基礎方言，以典範的白話文著作為語法規範。這是從語言的三要素即語音、詞彙、語法三方面，對普通話規範的描述。

中國有 56 個民族，130 多種語言；漢民族是人數最多的民族，說漢語的人數佔全國 95% 以上。現代漢語又包括多種方言。大方言區有：北方方言（官話）、晉語、吳語、閩語、客家話、粵語、湘語、贛語、徽語、平話和土話等，每個方言區下面還可以分為很多方言片、方言小片。因而，中國的語言生活是多元化的。五湖四海的中國人要互相來往，互相交流，每個人要在社會中學習、工作和生活，就要用全國通用的普通話。不然，說粵語的人怎麼和說閩語的人溝通呢？會說國家的標準語，是受過教育和有文化素養的表現之一。會說普通話，也為自己的發展帶來方便和好處。

香港地處粵方言區，90% 以上的香港人日常是用粵語（或說廣東話）溝通的。隨着資訊時代的發展，偌大的地球已經成

為地球村，香港作為國際金融中心，作為國際大都會，每天來往着成千上萬的內地同胞、台灣同胞和世界各地的華人，我們作為主人接待他們，進行商貿等各方面的往來，也需要用全國通用的普通話來交流。但這並不妨礙我們繼續使用粵語。香港「兩文三語」的語言政策，就是希望在香港社會能夠流通普通話、粵語和英語；在書面語方面，中文、英文都是正式語文。

學習普通話的訣竅

學習普通話有訣竅嗎？首先要有學習的興趣。普通話是華人用來互相溝通的語言，説好普通話，對自己有百利而無一害。普通話是從金、元、明、清各代近六百多年以來，逐漸形成的民族共同語。能説一口流利的普通話，是很享受的事情。在學習普通話的過程中，掌握以下的學習方法，可以事半功倍。

1. 大膽開口説：不要怕自己的發音不準，多説常説，能用普通話流利地表達自己的意思，能和別人溝通，就達到目的了。

2. 認真仔細聽：聆聽是理解的過程。聆聽發音準確的普通話，有助於改善自己的發音，聽得準，才能説得準。

3. 熟練運用拼音：漢語拼音是注音的工具，學好了一生受用。應儘量用最快的速度集中學拼音。用拼音輸入法打中文，速度快、效率高。

用拼音輸入法打中文，可以幫助自己掌握規範的普通話詞

彙，舉個例子，你想打「包羅萬有」，輸入「b l w y」之後，可能出現「暴露無遺」、「玻利維亞」，就是沒有「包羅萬有」，為何？因為「包羅萬有」是粵語，普通話是「包羅萬象」。還有「豬朋狗友」，打「zh p g y」根本沒有，因為普通話說「狐朋狗友」。

漢語拼音是正音的工具，你用拼音輸入法打字，如果聲母或者韻母打錯了，你要的那個字就出不來，在你尋找正確拼音的過程中，間接幫你正音了。

學習普通話，也是學習中文。任何一種語言，口語和書面語都是相輔相成、密切相關的。不要把普通話當成第二語言或者外語來學。標準的口語和標準的書面語是一致的。這就是「我手寫我口」的道理所在。提高了說普通話的水平，也會有助於提高中文書面語的水平。

我們學習了粵語和普通話在詞彙和語法上的區別，在書寫書面語時，就可以避免方言的影響。我們擴大了普通話詞彙量、學會了大量普通話句式，表達上就更加得心應手。

《漢語拼音方案》好處多

《漢語拼音方案》是在 1958 年由政府正式公佈的。聯合國在上世紀八十年代，已經將漢語拼音作為轉寫漢語的國際標準，國際標準化組織也以漢語拼音作為拼寫中國人名、地名的國際標準。《漢語拼音方案》在現今的互聯網時代發揮了更大的作用，也進一步走向世界。2015 年 12 月 15 日，ISO 總部

正式出版 ISO7098：2015 的英文版，將漢語拼音作為新的國際標準向世界公佈。

《漢語拼音方案》具有國際化的優點，它的第一部分字母表，共計 26 個字母，與英語字母表完全一樣，採用的是國際上最常用的拉丁字母表。只是讀法不同。這就比 1918 年政府公佈的「注音符號」進步了。注音符號用的是漢字部件來表示，台灣沿用至今，也發揮了很好的作用。

第二部分聲母表和第三部分韻母表，裏面的聲母、韻母就是從上述的字母表裏選取字母表示的。第四部分是聲調符號，普通話聲調很簡單，只有四個。第五部分隔音符號，是書寫時才用的。

漢語拼音的首要作用是給漢字注音，每一個漢字的字音，都包括聲母、韻母、聲調三部分。所以，用漢語拼音可以給每個漢字準確注音。

目前，電腦、手機等成為人們不可或缺的資訊工具，用什麼方法輸入中文最快？漢語拼音成了最好的工具之一。中國網民數以億計，九成以上用拼音輸入中文。這個技能學會了，學習、工作的效率會大大提高，事半功倍。所以建議讀者可在學習之餘下載有關軟件，練習用拼音輸入中文。

上部

pǔtōnghuà   yǔyán   zhīshi

普通話語言知識

第 1 課　普通話的聲調

一、普通話語音

　　普通話的聲調是普通話語音的靈魂，因為聲調有區別意義的作用，mā, má, mǎ, mà 四個不同聲調的音節，寫出來是四個字：媽、麻、馬、罵，意思不同。此外，還有一個輕聲：ma（嗎）。

　　普通話的四聲調類名稱分別為第一聲（陰平）、第二聲（陽平）、第三聲（上聲）、第四聲（去聲）。由下面的五度調值圖可以看到四聲準確的調值和走向特點。

調類	簡稱	例子	調值	調號	特點	五度標調圖
陰平	第一聲	湯 tāng	55	－	高平	55 陰平　5 高
陽平	第二聲	糖 táng	35	／	中升	35 陽平　51 去聲　4 半高
上聲	第三聲	躺 tǎng	214	ˇ	降升	3 中　214 上聲　2 半低
去聲	第四聲	燙 tàng	51	＼	全降	1 低

　　普通話的聲調，調值都比較高，陰平是 55，陽平是 35，上聲是 214，去聲是 51。大部分都含有最高的調值 5，這是要特別注意的。港澳人士要注意一四聲的分辨和二三聲的分辨。

朗讀時，可以用手勢輔助，以對聲調特點加深認識。

此外，聆聽訓練對於掌握普通話聲調會有很大的幫助。

1. 一二三四聲依序排列練習

bīngqiáng-mǎzhuàng
兵強馬壯

diāochóng-xiǎojì
雕蟲小技

guātián-lǐxià
瓜田李下

gāopéng-mǎnzuò
高朋滿座

huāhóng-liǔlǜ
花紅柳綠

guāngmíng-lěiluò
光明磊落

shānqióng-shuǐjìn
山窮水盡

xīnzhí-kǒukuài
心直口快

xīqí-gǔguài
稀奇古怪

2. 四三二一聲依序排列練習

kègǔ-míngxīn
刻骨銘心

diàohǔ-líshān
調虎離山

bèijǐng-líxiāng
背井離鄉

mòshǒu-chéngguī
墨守成規

nòngqiǎo-chéngzhuō
弄巧成拙

pòfǔ-chénzhōu
破釜沉舟

sìhǎi-wéijiā
四海為家

tònggǎi-qiánfēi
痛改前非

xiùshǒu-pángguān
袖手旁觀

3. 一四聲練習

tiānfù
天賦

dānrèn
擔任

fāngxiàng
方向

gāoxìng
高興

hēiyè
黑夜

jiūzhèng
糾正

niēzào
捏造

shēngdiào
聲調

bēijù
悲劇

xīwàng
希望

4. 二三聲練習

chángjiǔ
長久

cídiǎn
詞典

chéngguǒ
成果

xúnjǐng
巡警

nánnǚ
男女

píngděng
平等

shípǐn
食品

tíngzhǐ
停止

quántǐ
全體

zácǎo
雜草

粵語聲調與普通話聲調對應表

粵語	普通話	例子
陰平	陰平	春 開 張 光 香 山

粵語	普通話	例子
陽平	陽平	堂揚繁榮平黃
陰上	上聲	港島景
陽上	上聲	我伍腦滿
	去聲	似抱盾肚
陰去	去聲	世界報到壯配
陽去	去聲	漫步順義地瑞
陰入、中入	陰平	一出叔哭吃喝約脫
	陽平	竹卓福吉哲國覺潔
	去聲	腹益必克各切設涉
陽入	陽平	白罰局毒舌
	去聲	六力玉目麥

二、知識窗：粵語普通話詞語對比

1. 粵、普用不同的詞來表達相同的概念。

普 俯臥撐　打點滴　下課　掰腕子　辦公室 / 辦公樓

粵 掌上壓　吊鹽水　落堂　拗手瓜　寫字樓

2. 同形異義詞：即同一個詞，表達的意義卻有區別。

	普	粵
窩心	受委屈後不能表白心中的苦悶，心裏很不舒服	貼心，合心意
地下	地面之下	地面上第一層
班房	監獄 / 拘留所	教室
地牢	地面下的監牢	地下室

3. 詞義相同，但構詞成分的次序不同。

普 擁擠　蹩蹺　錄取　素質　隱私　鞦韆　乾菜

粵 擠擁　蹺蹩　取錄　質素　私隱　韆鞦　菜乾

4. 詞義相同，但構詞成分有一個相同，一個不同。

普 手鐲　項鏈　小孩兒　腳跟　圍巾　姑父　板擦　口渴　手套　開水

粵 手鈪　頸鏈　小童　腳踭　頸巾　姑丈　粉擦　頸渴　手襪　滾水

5. 詞義相同，構詞成分兩個都不相同，但均為同義、近義成分。

普 臥室　冰箱　冰棍兒　碰壁　有空　零錢　穿衣　發薪　發號

粵 睡房　雪櫃　雪條　撞板　得閒　散紙　着衫　出糧　派籌

三、練習

1. 朗讀下列單字，按聲調把下列各字歸類。

人　　天　　地　　杯　　紅　　風　　海　　紙　　草　　唱
麻　　詩　　雷　　電　　鼓　　寫　　罵　　學　　樹　　聽

第一聲：_____

第二聲：_____

第三聲：_____

第四聲：_____

2. 朗讀下列詞語，標出詞語的聲調。

(1) 掃描　　(2) 故鄉　　(3) 關心　　(4) 黑板　　(5) 家庭

(6) 老師　　(7) 排隊　　(8) 熱情　　(9) 遲早　　(10) 警告

第2課　聲母和韻母的拼合（一）

一、普通話語音

普通話中的音節可以分為聲母和韻母兩部分。

（一）聲母 b, p, m, f; d, t, n, l; g, k, h

1. 唇音

b: 上唇和下唇形成阻礙，氣流衝破阻礙，爆發出聲音。氣流較弱，發音時聲帶不顫動。

　　例　奔波 bēnbō　　被捕 bèibǔ　　擺佈 bǎibù
　　▲

p: 發音部位及方法與 b 相同，但氣流比 b 強。

　　例　批評 pīpíng　　攀爬 pānpá　　乒乓 pīngpāng
　　▲

m: 發音部位與 b 相同，氣流從鼻腔出來，發音時聲帶顫動。

　　例　秘密 mìmì　　盲目 mángmù　　面貌 miànmào
　　▲

f: 上齒與下唇接觸形成阻礙，氣流通過唇齒間的縫隙摩擦擠出。發音時聲帶不顫動。又叫唇齒音。

　　例　發奮 fāfèn　　反腐 fǎnfǔ　　芬芳 fēnfāng
　　▲

2. 舌面前音

d: 舌尖抵到上齒齦，形成阻礙，氣流衝破阻礙，爆發出聲音。氣流較弱，發音時聲帶不顫動。

例 等待 děngdài　道德 dàodé　達到 dádào

t: 發音部位及方法與 d 相同，但氣流比 d 強。

例 探討 tàntǎo　體貼 tǐtiē　疼痛 téngtòng

n: 發音部位與 d 相同，氣流從鼻腔出來，發音時聲帶顫動。

例 男女 nánnǚ　牛奶 niúnǎi　泥濘 nínìng

l: 舌尖抵到上齒齦，形成阻礙，氣流通過舌頭的兩邊出來，發音時聲帶顫動。

例 流利 liúlì　履歷 lǚlì　聯絡 liánluò

3. 舌根音

g: 舌根抵住軟腭，形成阻礙，氣流衝破阻礙，爆發出聲音。氣流較弱，發音時聲帶不顫動。

例 高貴 gāoguì　國歌 guógē　廣告 guǎnggào

k: 發音部位及方法與 g 相同，但氣流比 g 強。

例 困苦 kùnkǔ　可靠 kěkào　開墾 kāikěn

h: 發音部位與 g 相同，氣流從舌根和軟腭之間的窄縫中擠出來，發音時聲帶不顫動。

例 呼喚 hūhuàn　航海 hánghǎi　後悔 hòuhuǐ
▲

（二）單韻母 a, o, e, i, u, ü

a: 開口度最大，口自然張開，舌頭位置最低。

例 他 tā　麻 má　卡 kǎ　大 dà
▲

o: 開口度較小，唇呈圓形，舌頭位置半高。

例 波 bō　佛 fó　摸 mō　破 pò
▲

e: 開口度較小，唇呈扁狀，舌位高度與 o 相同。

例 哥 gē　德 dé　惹 rě　色 sè
▲

i: 開口度最小，舌尖下垂至下齒背，唇呈扁狀，舌頭位置最高。

例 低 dī　迷 mí　你 nǐ　弟 dì
▲

u: 開口度最小，唇呈圓形。發音時舌根接近軟腭，舌頭位置最高。

例 姑 gū　圖 tú　努 nǔ　度 dù
▲

ü: 開口度最小，唇呈圓形，舌位高度與 i 相同。

例 居 jū　魚 yú　女 nǚ　綠 lǜ
▲

（三）複韻母 ai, ei, ao, ou, iao, iou, uai, uei, ia, ie, ua, uo, üe

發音的方法是從前一個韻母滑動到後一個韻母；在滑動中唇形、舌位是逐漸變化的，氣流不能中斷。

ai 哀	ei 欸	ao 熬	ou 歐	
uai 歪	uei 威 *	iao 腰	iou 憂 *	
ia 呀	ie 耶	ua 哇	uo 窩	üe 約

* 註：iou（憂）與聲母相拼時，省略寫成 iu；uei（威）與聲母相拼時，省略寫成 ui。

例 ▲

災害 zāihài	配備 pèibèi	高樓 gāolóu
吵鬧 chǎonào	收購 shōugòu	綢繆 chóumóu
摟抱 lǒubào	秒錶 miǎobiǎo	逍遙 xiāoyáo
繡球 xiùqiú	牛油 niúyóu	懷揣 huáichuāi
退回 tuìhuí	摧毀 cuīhuǐ	外匯 wàihuì
漂流 piāoliú	花襪 huāwà	火鍋 huǒguō
假牙 jiǎyá	歇業 xiēyè	雀躍 quèyuè

ai-ei	賣力 màilì——魅力 mèilì 埋頭 máitóu——眉頭 méitóu
ao-ou	早市 zǎoshì——走勢 zǒushì 牢房 láofáng——樓房 lóufáng
ua-uo	進化 jìnhuà——進貨 jìnhuò 滑動 huádòng——活動 huódòng
ie-üe	茄子 qiézi——瘸子 quézi 買鞋 mǎi xié——買靴 mǎi xuē
iao-iou	消息 xiāoxi——休息 xiūxi 生效 shēngxiào——生鏽 shēngxiù

二、知識窗：粵語普通話句式對比（一）

　　粵語和普通話語音差異最大；詞彙的差異也有，特別在口語詞方面；語法方面，粵普的區別不大。中文的語法系統十分強調語序，並且大量使用虛詞，現根據這兩個特點，將粵普語序比較舉例說明如下：

1. 比較句

　　（1）普 張嘉樂跑步比我快。

　　　　粵 張嘉樂跑步快過我。

　　（2）普 重慶夏天比廣州還熱。

　　　　粵 重慶夏天仲熱過廣州。

2. 狀語的位置

　　（1）普 你先睡吧，我看完電郵就睡。

　　　　粵 你瞓先啦，我睇埋電郵就瞓。

　　（2）普 慢點兒走，等等老人家。

　　　　粵 行慢啲啦，等埋老人家。

3. 動詞後兩個賓語的位置

　　（1）普 老師借給我兩本書。

　　　　粵 老師借兩本書俾我。

　　（2）普 大姐送給我一套《紅樓夢》。

　　　　粵 大家姐送咗套《紅樓夢》俾我。

　　（3）普 勞駕，給我一磅草莓。

　　　　粵 唔該，俾一磅士多啤梨我。

4. 選擇疑問句的語序

(1) 普 —— 你坐過高鐵嗎？ —— 坐過。／沒坐過。

　　粵 —— 你有冇坐過高鐵呀？ —— 有。／冇。

(2) 普 —— 你上網看新聞了嗎？ —— 看了。／沒看。

　　粵 —— 你有冇上網睇新聞呀？ —— 有。／冇。

(3) 普 —— 你們做過市場調查沒有？ —— 做了。／沒做。

　　粵 —— 你哋有冇做過市場調查？ —— 有。／冇。

三、練習

1. 朗讀下列詞語，把詞語的聲母填在橫線上。

(1) 寬廣 ＿＿＿＿＿ ＿＿＿＿＿　　(2) 蓬勃 ＿＿＿＿＿ ＿＿＿＿＿

(3) 地毯 ＿＿＿＿＿ ＿＿＿＿＿　　(4) 凱歌 ＿＿＿＿＿ ＿＿＿＿＿

(5) 流利 ＿＿＿＿＿ ＿＿＿＿＿　　(6) 特點 ＿＿＿＿＿ ＿＿＿＿＿

(7) 發揮 ＿＿＿＿＿ ＿＿＿＿＿　　(8) 別名 ＿＿＿＿＿ ＿＿＿＿＿

(9) 奶酪 ＿＿＿＿＿ ＿＿＿＿＿　　(10) 荒謬 ＿＿＿＿＿ ＿＿＿＿＿

2. 試讀出下列字詞，並找出它們的複韻母，用線將二者相連。

(1) 排

(2) 濤　　　　　　　● ai

(3) 浩

(4) 飛　　　　　　　● ei

(5) 否

(6) 號召　　　　　　● ao

(7) 愛戴

(8) 走漏　　　　　　● ou

(9) 醜陋

(10) 蓓蕾

3. 朗讀下列詞語，然後找出它們的韻母。

例　娃娃　　　　花襪　　　　（ ua ）

(1) 賈家　　　　下架　　　　（ 　 ）

(2) 巧妙　　　　療效　　　　（ 　 ）

(3) 貼切　　　　結業　　　　（ 　 ）

(4) 摔壞　　　　外踝　　　　（ 　 ）

(5) 雪靴　　　　決絕　　　　（ 　 ）

(6) 悠遊　　　　九流　　　　（ 　 ）

(7) 過錯　　　　懦弱　　　　（ 　 ）

(8) 回歸　　　　摧毀　　　　（ 　 ）

4. 單韻母練習遊戲。

　　普通話學會舉行幸運抽獎，圖一是抽獎過程中球在抽獎箱裏的情況，圖二則是某個球剛好被其他五個球圍繞的情況，而

這六個漢字球漢語拼音的韻母剛好是 a, o, e, i, u, ü，像這種情況在圖一中總共出現了四次。請把餘下三組漢字球的漢字寫在適當的位置，並標上漢語拼音。

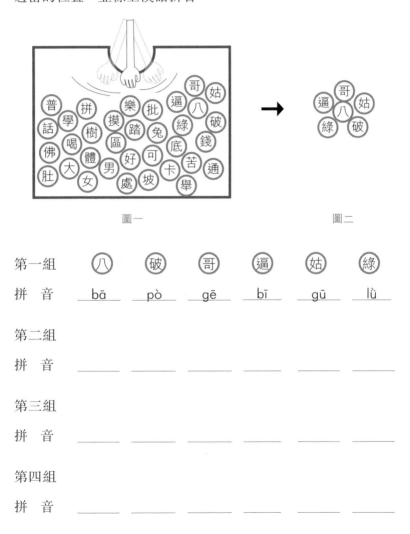

圖一　　　　　　　　　　圖二

第一組　　⑧　　破　　哥　　逼　　姑　　綠

拼　音　　bā　　pò　　gē　　bī　　gū　　lǜ

第二組

拼　音　＿＿＿　＿＿＿　＿＿＿　＿＿＿　＿＿＿　＿＿＿

第三組

拼　音　＿＿＿　＿＿＿　＿＿＿　＿＿＿　＿＿＿　＿＿＿

第四組

拼　音　＿＿＿　＿＿＿　＿＿＿　＿＿＿　＿＿＿　＿＿＿

第3課　聲母和韻母的拼合（二）

一、普通話語音

（一）聲母 j, q, x; zh, ch, sh, r; z, c, s

1. 舌面音

j: 舌尖放在下齒後面，舌面前部與硬腭的前部接觸，形成阻礙，發音時舌面慢慢離開硬腭，氣流從縫隙中摩擦而出。發音時聲帶不顫動。

> 例 季節 jìjié　講究 jiǎngjiu　交際 jiāojì

q: 發音方法與 j 相同，但氣流較強。

> 例 恰巧 qiàqiǎo　齊全 qíquán　祈求 qíqiú

x: 舌尖放在下齒後面，舌面前部與硬腭的前部靠近，留一縫隙，氣流從縫隙中摩擦而出。發音時聲帶不顫動。

> 例 循序 xúnxù　現象 xiànxiàng　小學 xiǎoxué

粵語裏沒有和 j, q, x 相同的聲母，只有相近的舌葉音知 [tʃ]、癡 [tʃʰ]、詩 [ʃ]，因此香港人在發 j, q, x 這三個聲母時特別困難，很容易發成舌葉音。

注意：j, q, x 不跟 u 相拼，只跟 ü 相拼，為了書寫方便，ü 上的兩點不用加，如：居 jū、區 qū、需 xū，後面的韻母是 ü，不是 u。

2. 舌尖後音

zh，ch，sh，r 是把舌尖翹起來抵住硬腭前部來發音的，並不是把舌尖捲到硬腭後面。粵語中沒有這一組聲母。發音時不要和舌面音 j，q，x 相混。

zh: 舌尖上翹，頂住硬腭前部，形成阻礙，發音時舌尖離開硬腭，氣流從縫隙中摩擦而出。發音時聲帶不顫動。

▲ 例　真正 zhēnzhèng　住宅 zhùzhái　主張 zhǔzhāng

ch: 發音方法與 zh 相同，但氣流較強。

▲ 例　唇齒 chúnchǐ　出差 chūchāi　長城 Chángchéng

sh: 舌尖上翹，接近硬腭，但不要頂住硬腭，留一縫隙，氣流從縫隙中摩擦而出。發音時聲帶不顫動。

▲ 例　事實 shìshí　手術 shǒushù　舒適 shūshì

r: 發音方法與 sh 大致相同，但在發音時聲帶會顫動。

▲ 例　仍然 réngrán　忍讓 rěnràng　柔軟 róuruǎn

3. 舌尖前音

z，c，s 發音時，舌尖抵住上齒背，接觸面要小。練習時可以把上下齒咬緊，發音時讓氣流從牙齒縫隙間慢慢摩擦而出。

z: 舌尖向前伸，頂住上齒背，形成阻礙，發音時舌面離開上齒背，氣流從縫隙中摩擦而出。發音時聲帶不顫動。

▲ 例　再造 zàizào　自尊 zìzūn

c: 發音方法與 z 相同，但氣流較強。

例 粗糙 cūcāo　　層次 céngcì
　▲

s: 舌尖向前伸，接近上齒背，形成阻礙，發音時舌面離開上齒背，氣流從縫隙中摩擦而出。發音時聲帶不顫動。

例 灑掃 sǎsǎo　　隨俗 suísú
　▲

（二）鼻韻母

1. 前鼻韻母 an, en, in, ian, uen, uan, ün, üan

-n 的發音方法是舌尖抵住上齒齦，氣流從鼻腔出來，聲帶顫動。注意前鼻韻母發音結束時，舌尖必須輕碰上齒齦。

an	安 ān	安然 ānrán	感嘆 gǎntàn
ian	煙 yān	見面 jiànmiàn	簡便 jiǎnbiàn
uan	彎 wān	轉換 zhuǎnhuàn	貫穿 guànchuān
üan	冤 yuān	圓圈 yuánquān	軒轅 Xuānyuán
en	恩 ēn	沉悶 chénmèn	門診 ménzhěn
in	因 yīn	拼音 pīnyīn	辛勤 xīnqín
uen	溫 wēn	論文 lùnwén	餛飩 húntun
ün	暈 yūn	均勻 jūnyún	軍訓 jūnxùn

2. 後鼻韻母 ang, eng, ong, ing, iang, iong, uang, ueng

-ng 的發音方法是舌根頂住軟腭，氣流從鼻腔出來，聲帶顫動。所以後鼻韻母發音結束時，舌根必須頂住軟腭，口張開。

ang	昂 áng	幫忙 bāngmáng	放榜 fàngbǎng
iang	央 yāng	想像 xiǎngxiàng	強項 qiángxiàng
uang	汪 wāng	裝潢 zhuānghuáng	狀況 zhuàngkuàng
eng	亨 hēng	豐盛 fēngshèng	更正 gēngzhèng
ing	英 yīng	姓名 xìngmíng	晶瑩 jīngyíng
ueng*	翁 wēng	老翁 lǎowēng	小甕 xiǎowèng
ong	轟 hōng	恐龍 kǒnglóng	轟動 hōngdòng
iong	擁 yōng	洶湧 xiōngyǒng	炯炯 jiǒngjiǒng

* 註：韻母 ueng 不與任何聲母相拼，只能自成音節。

二、知識窗：粵語普通話句式對比（二）

粵、普虛詞用法舉例比較如下：

1. 表示遞進的連詞

(1) 普 這棟樓，背山面海，不但風景優美，而且空氣清新。

粵 呢個樓盤背山面海，唔單止風景優美，空氣仲好清新㗎。

(2) 普 沿海漁村的漁民，不但生活好了，收入多了，而且教育水平也提高了。

粵 沿海漁村嘅漁民，唔單止生活好咗，收入多咗，教育水準仲提高咗㗎。

(3) 普 駿豪不僅書唸得好，而且各項體育運動也很棒。

粵 駿豪唔止書讀得好，體育運動仲樣樣都咁叻㗎。

2. 句尾語氣詞

（1）普 老師上課說了什麼來着，你還記得嗎？

粵 老師上堂講過乜嘢㗎嘅，你記唔記得呀？

（2）普 這個公園種了各種各樣的花，像玫瑰呀、菊花呀、
杜鵑哪、芍藥哇、梔子啊，五彩繽紛，真漂亮啊。

粵 呢個公園種咗好多種花，好似玫瑰呀、菊花呀、杜
鵑呀、芍藥呀、梔子呀，七彩繽紛，真係靚啊。

（3）普 這所學校是胡先生捐款蓋的。

粵 呢間學校係胡先生捐錢起嘅。

3. 句前嘆詞

（1）普 嘿，你的手提電話還沒修好嗎？

粵 吓，你部手機仲未整番呀？

（2）普 呵，這洗手間怎麼那麼髒啊！

粵 咦，個廁所咁邋遢嘅！

（3）普 嗄！那麼大的一棵聖誕樹，真沒見過。

粵 嘩！咁大棵聖誕樹，真係未見過噃。

4. 擬聲詞

（1）普 小雲忍不住哧的一聲笑了出來。

粵 小雲忍唔住咭一聲笑咗出嚟。

（2）普 現在在香港，年三十晚上已經聽不到街上傳來噼噼
啪啪的鞭炮聲了。

粵 宜家係香港，年三十晚已經聽唔到街度傳嚟噼嚦啪嘞嘅
炮仗聲喇。

（3）**普** 酒店房間的水管子一整晚滴滴答答地漏水，吵得人
睡不着。

粵 酒店房個水喉成晚啲啲嗒嗒咁漏水，嘈到人瞓唔到。

三、練習

1. 試按下列音節的聲調順序，各寫一個常用字。

例　ju ： ___居___　___局___　___舉___　___據___

（1）jiao ： _____　_____　_____　_____

（2）jie ： _____　_____　_____　_____

（3）qiao ： _____　_____　_____　_____

（4）qie ： _____　_____　_____　_____

（5）xiao ： _____　_____　_____　_____

（6）xie ： _____　_____　_____　_____

2. 試把下面的粵語句子翻譯成普通話。

（1）呢架巴士冷氣唔夠，好焗！

答：_____

（2）魏敏玲唔單止人生得靚、心地好，仲好勤力好學㗎。

答：_____

（3）頭先我仲見到細劉，一轉眼就唔見咗佢喇。

答：_____

（4）哎呀，隻紙鷂飛走咗啦！

答：_____

(5) 喺班房度吱吱喳喳嘈喧巴閉，好影響其他同學上堂學嘢。

答：_____

3. 請讀出下列單字，然後把聲母相同的字用線連在一起。

zh	這	唇	唱	柔	日	r
ch	出	者	弱	成	升	sh
sh	疏	軟	真	上	抽	ch
r	然	說	石	正	知	zh

4. 試讀出下列詞語，選出與例詞發音相同的詞語。

例	記敍	Ⓐ 繼續	B 技術	C 蜘蛛	D 雞胸
(1)	攜帶	A 懈怠	B 借貸	C 還貸	D 鞋帶
(2)	地域	A 抵禦	B 地獄	C 地位	D 地殼
(3)	毅力	A 藝伎	B 一例	C 屹立	D 一粒
(4)	長城	A 長程	B 城牆	C 長情	D 長征
(5)	事例	A 實力	B 勢力	C 失利	D 私立
(6)	京戲	A 今昔	B 精細	C 金器	D 驚異
(7)	經營	A 晶瑩	B 金銀	C 精英	D 浸染
(8)	演示	A 人事	B 隱私	C 掩飾	D 音質
(9)	童心	A 同行	B 童星	C 銅絲	D 同心
(10)	榴槤	A 樓宇	B 流言	C 牛年	D 留連

5. 請將下列漢字填入下表的空格內。

升	四	池	自	色	吸	抄	村	災
結	知	春	紙	強	詞	歇	群	僧
摘	旗	嬌	操	興	濕	雜	說	雞

聲母	同聲母的漢字	聲母	同聲母的漢字	聲母	同聲母的漢字
j		zh		z	
q		ch		c	
x		sh		s	

6. 前後鼻韻母分辨：朗讀下列詞語，在相應的漢語拼音前加 ✓。

(1)	人民	☐ rénmín	☐ réngmíng
(2)	英明	☐ yīnmín	☐ yīngmíng
(3)	審判	☐ shěnpàn	☐ shěngpàng
(4)	強項	☐ qiánxiàn	☐ qiángxiàng
(5)	賓館	☐ bīnguǎn	☐ bīngguǎng
(6)	芳香	☐ fānxiān	☐ fāngxiāng

第4課 字母 y, w 和隔音符號的用法

一、普通話語音

（一）字母 y, w 的用法

　　y, w 開頭的音節稱為零聲母音節。在普通話語音裏，一個音節的開頭如果是 i, u, ü 而自成音節（i, u, ü 之前沒有聲母）時，或者在 i, u, ü 前面加隔音字母 y, w，或者把 i, u 改寫為 y, w，ü 上的兩點要省略。其規律見下表：

1. 以 i 開頭的韻母

拼音寫法	yī	yā	yē	yāo	yōu	yān	yīn	yāng	yīng	yōng
字例	衣	鴨	椰	邀	憂	煙	因	央	英	擁

2. 以 u 開頭的韻母

拼音寫法	wū	wā	wō	wāi	wēi	wān	wēn	wāng	wēng
字例	烏	哇	窩	歪	威	彎	溫	汪	翁

3. 以 ü 開頭的韻母

拼音寫法	yū	yuē	yuān	yūn
字例	淤	約	冤	暈

（二）隔音符號

當韻母 a，o，e 和 a，o，e 開頭的韻母自成音節，並連接在其他音節的後面時，為使音節的界限清晰，我們必須加上隔音符號「'」。如果前面並沒有與其他音節相連，則不需要使用隔音符號。例如：

| 需使用隔音符號的例詞 | 治安 zhì'ān | 幼兒 yòu'ér | 欣澳 Xīn'ào | 恩愛 ēn'ài |
| 不需使用隔音符號的例詞 | 安全 ānquán | 兒童 értóng | 澳門 Àomén | 愛情 àiqíng |

二、知識窗：新潮的網絡詞語

網絡詞語包括漢字詞語、字母符號、數字、圖形符號等等。網絡詞語是現代漢語新詞新語產生的一個來源，有的網絡詞語已經成為規範詞語庫中的一部分，例如：

版主	帖子	跟帖	防火牆	筆記本（電腦）
點讚	登錄	發帖	點擊	桌面
網蟲	網卡	網頁	網友	網民
網吧	網店	網購	網站	網址
網癮	網戀	洗版	團購	視頻

在資訊時代，網絡詞語會大量產生，我們要以既積極又慎重的態度對待它。有的網絡詞語使用的壽命很短，用過一陣之後就消失了，這是詞彙在語言交際的新時代中產生的很正常的現象。

三、練習

1. 填空：試將下列零聲母詞語的漢字，分別寫在橫線上。

慰問　委婉　押韻　玩味　威武　盈餘　淵源　游泳

意義　預約　瘟疫　擁有　逾越　醫藥　願望

yīyào	yóuyǒng	yìyì
(1) ＿＿＿＿	(2) ＿＿＿＿	(3) ＿＿＿＿
yōngyǒu	yíngyú	wèiwèn
(4) ＿＿＿＿	(5) ＿＿＿＿	(6) ＿＿＿＿
wánwèi	wěiwǎn	wēiwǔ
(7) ＿＿＿＿	(8) ＿＿＿＿	(9) ＿＿＿＿
wēnyì	yùyuē	yúyuè
(10) ＿＿＿＿	(11) ＿＿＿＿	(12) ＿＿＿＿
yuānyuán	yāyùn	yuànwàng
(13) ＿＿＿＿	(14) ＿＿＿＿	(15) ＿＿＿＿

2. 填歌曲名稱。以下是二十首流行歌曲名的拼音，請把它們譯
寫成漢語，然後填入圖中適當的位置。

	橫		縱
A	rúguǒ méiyǒu nǐ	1	xiǎo píngguǒ
B	wǒ bú yuàn ràng nǐ yí gè rén	2	nǐ ài wǒ xiàng shéi
C	gěi wǒ yì shǒu gē de shíjiān	3	bàn gè rén

D	dàochù dōu shì ài	4	shíjiān dōu qù nǎ le
E	shuō ài nǐ	5	yí gè rén xiǎngzhe yí gè rén
F	gūdān de běibànqiú	6	nǐ bǎ wǒ guànzuì
G	bàba qù nǎr	7	nǐ bù zhīdào de shì
H	nánrén bù gāi ràng nǚrén liúlèi	8	yuàn dé yì rén xīn
I	wǒ hǎo xiǎng nǐ	9	jìmò xīngqiú
J	zuì shúxi de mòshēngrén	10	yǎnlèi chéng shī
K	jìmò jìmò jiù hǎo	11	rúguǒ nǐ yě tīngshuō

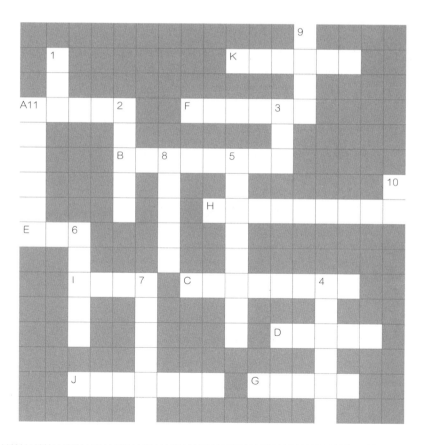

變調和音變

一、普通話語音

（一）變調

1. 上聲連讀變讀

「上聲連讀」變調，又稱「三聲連讀變調」，指的是第三聲連續讀出時的不同讀法。第三聲的音變，主要可以分為以下三類：

（1）第三聲讀作原調

第三聲在三種情況下會讀作原調（214 或 2114）：

① 單字出現時

例 好 hǎo　我 wǒ　你 nǐ　姐 jiě
▲

② 詞語的最後一字

例 地鐵 dìtiě　健美 jiànměi　燒烤 shāokǎo
▲
　　石硤尾 Shíxiáwěi

③ 句子最後一個字

例 他人很好。Tā rén hěn hǎo.
▲
　　小珍打的去機場。Xiǎo Zhēn dǎdī qù jīchǎng.

（2）第三聲讀作半三聲（21 或 211）

理論上第三聲要讀全調（214 或 2114），但在說話的自然語流中，很難保持完整的降升調，所以通常只唸「半三聲」，也就是前半調，調值為 21 或 211。

① 第三聲在第一聲前

例　閃失 shǎnshī　　體積 tǐjī　　指揮 zhǐhuī

② 第三聲在第二聲前

例　水池 shuǐchí　　酒瓶 jiǔpíng　　旅行 lǚxíng

③ 第三聲在第四聲前

例　跑步 pǎobù　　踴躍 yǒngyuè　　璀璨 cuǐcàn

（3）兩個或以上的三聲連讀

當兩個或兩個以上的三聲字相連時，聲調會有以下幾種改變（以下第三聲按實際讀音標調）：

① 單單格 ˇ + ˇ ⟶ ˊ + ˇ

例　小組 xiáozǔ　　古典 gúdiǎn　　洗手 xíshǒu

　　表姐 biáojiě

② 雙單格 ˇ ˇ + ˇ ⟶ ˊ ˊ + ˇ

例　水果酒 shuíguójiǔ　　　表演者 biáoyánzhě

　　展覽館 zhánlánguǎn　　水彩筆 shuícáibǐ

③ 單雙格 ˇ + ˇ ˇ ⟶ ˇ + ˊ ˇ

例　小拇指 xiǎo múzhǐ　　炒米粉 chǎo mífěn

　　有水準 yǒu shuízhǔn　　買手錶 mǎi shóubiǎo

④ 多音節三聲連讀，根據語意分段變讀。

例 我也有理想。Wó yé yǒu líxiǎng.
　 小美買了九百九十九朵玫瑰。Xiáo Měi mǎile jiúbǎi
　 jiǔshíjiǔ duǒ méigui.

2.「一」、「不」的變調

「一」的原調是第一聲，「不」的原調是第四聲，但當它們後面接讀其他聲調的字時，「一」和「不」的聲調有時就會改變。本書中「一」、「不」的拼音按變調處理。

（1）「一」的變調

「一」的變調是指「一」在不同的音節前面變換成不同調值的現象，共有四種不同的讀法。

說明		調號	例子
① 讀作原調	單獨使用（數字）	一	一、二、一 一號 一是一
	序數詞或年代		第一年 第一代 一九一一
	詞語和句子的末尾		統一 唯一 大小不一 他們二人的感情始終如一。
	三位或以上的數字連讀*		1201 號房間 98121611 116 路巴士
②	在第四聲前變讀第二聲	ˊ ˋ	一夜 一對 一個 一件

	說明	調號	例子
③	在第一、二、三聲前變讀第四聲	` ̀ ̄ `	一天 一雙 一家 一般
		` ̀ ́ `	一年 一成 一節 一層
		` ̀ ̌ `	一點 一匹 一本 一把
④	夾在詞語中變讀輕聲	X · X	想一想 看一看 學一學

* 註：口語中有時會將數字「一」yī 讀為 yāo，以免與其他數字混淆。

（2）「不」的變調

「不」的變調是指「不」在不同的音節前讀不同的調值。可以分為以下三類：

	說明	調號	例子
①	在第四聲前變讀第二聲	` ́ ̀ `	不看 不會 不問 不算
②	在第一、二、三聲前仍讀第四聲	` ̀ ̄ `	不聽 不說 不哭 不知
		` ̀ ́ `	不靈 不行 不談 不停
		` ̀ ̌ `	不買 不冷 不講 不懂
③	夾在詞語中變讀輕聲	X · X	走不走 對不起 管不着

（二）「啊」的音變

普通話中的語氣助詞「啊」，由於受到前面一個音節韻母末尾音素的影響而發生音變，其規律如下：

「啊」前一音節尾的音素（即最後一個字母）	音變	例子		寫法
a, o(uo), e, ê i, ü	ya	他啊 說啊 真熱啊 注意啊 吃魚啊	tā ya shuō ya zhēn rè ya zhùyì ya chī yú ya	呀
u (ao)	wa	找啊 沒輸啊 快跑啊 太少啊	zhǎo wa méi shū wa kuài pǎo wa tài shǎo wa	哇
-n	na	難啊 討論啊	nán na tǎolùn na	哪
-ng	nga	行啊 有用啊	xíng nga yǒu yòng nga	啊
zhi, chi, shi, ri, 兒化	ra [ʐʌ]	哪兒啊 吃啊 有事啊 生日啊	nǎr ra chī ra yǒu shì ra shēngrì ra	啊
zi, ci, si	[z]a	要死啊 真次啊 寫字啊	yào sǐ [z]a zhēn cì [z]a xiě zì [z]a	啊

二、知識窗：生動活潑的社區詞

在使用現代漢語的不同社會區域，流通着一些社區詞。社區詞（community expression）是指某個社區使用的，並反映該社區政治、經濟、文化的特有詞語。例如，中國內地的「三講」、「宏觀調控」、「菜籃子工程」，香港的「房奴」、「強積金」、「生果金」，台灣的「陸生」、「拜票」、「走路工」。

香港是世界大都會，是國際金融中心，流通着很多香港社區詞。

例如，關於股票的詞語，就有不少生動的説法：

金魚缸	形象地比喻位於香港中環的中央交易所，是股票交投之地。
大閘蟹	大閘蟹是秋天香港人愛吃的美味。大閘蟹被草繩捆綁着，動彈不得，這種樣子被形容為股票市場下跌時，被股票、證券捆綁住的小股民。「大閘蟹」由此多了個比喻義。
鱷魚潭	股市上下波動未卜，投資者可能會血本無歸，如跌入鱷魚潭般險惡。能在股票市場興風作浪的，就被比喻為「大鱷」。
牛市	股票升。
熊市	股票跌。
魚市	股市忽高忽低。內地叫「猴市」。

還有很多和香港社會生活直接有關係的社區詞。住房是香港市民最關心的問題，在香港，有各類不同房屋的名稱，諸如：「公屋」、「居屋」、「丁屋」；還有居住條件不佳或居住擁擠的「籠屋」、「劏房」、「板間房」；條件好的「私人物業」叫「豪宅」；臨海具有「無敵海景」的叫「海景樓」。這些不同的房屋名稱，都在香港社會流通。新加坡政府為解決房屋問題，興蓋的是「組屋」；與「公屋」、「組屋」差不多的情況，中國內地叫「經濟適用房」，台灣叫「國民住宅」。

在使用現代漢語的不同社會區域，流通着不同的社區詞。世界進入互聯網時代，我們要和各地的中國人交流，要和世界各地的華人交流，就要注意擴大自己的詞彙量，開闊眼界，熟悉和瞭解其他社區的社區詞。

中國內地、香港、台灣社區詞舉例：

中國內地	香港	台灣
經濟適用房	公屋、居屋	國民住宅
志願者	義工	志工
地鐵	地鐵	捷運
知識產權	知識產權	智慧財產權
公安局、派出所	警署	警察局、派出所

三、練習

1. 朗讀下列詞語，並為詞語中的 「一」、「不」標出它們的變調。

    ( )   ( )   ( )   ( )

（1）一杯   （2）唯一   （3）一會兒   （4）第一

    ( )   ( )( )   ( )( )   ( )( )

（5）說一說 （6）一心一意 （7）一模一樣 （8）一朝一夕

    ( )   ( )   ( )   ( )

（9）不對   （10）不好   （11）對不起 （12）差不多

    ( )( )   ( )( )   ( )( )   ( )( )

（13）不聞不問 （14）不清不楚 （15）不見不散 （16）不離不棄

2. 試讀出下列句子，並找出「啊」的實際讀音，用線將二者相連。

(1) 打招呼啊！ • • na

(2) 你多吃點兒，別客氣啊！ •

(3) 他是誰啊！ • • ra

(4) 你說啊！ •

(5) 兒子啊，天氣冷了，要多穿點兒。 • • wa

(6) 你快去報名啊！ •

(7) 你這個人真粗心啊！ • • ya

(8) 好啊！我們一塊兒去。 •

(9) 別往那兒走，這小巷很暗啊。 • • nga

(10) 今天是誰的生日啊！ •

(11) 你的錢包放哪裏了，我沒找着啊！ • • [z]a

(12) 你怎麼才說一半兒啊？ •

3. 請將下列韻母歸類。

a   ua   o   en   e   ong   üan   iou

ia   ueng   üe   an   ie   iong   in   u

單韻母 _____

複韻母 _____

鼻韻母 _____

普通話的輕聲和兒化韻

一、普通話語音

（一）普通話的輕聲

在普通話裏，每一個音節都有特定的聲調，但是部分音節在詞和句子中會失去它原有的聲調，變得較為模糊、短促、弱化，這就是輕聲。可以説，輕聲是普通話聲調的特殊變化。

輕聲總是附着在別的音節後面，或者加在詞語中間。輕聲音節沒有固定的音高，它的音高由前一個音節的調值決定。一般的規律是陰平（第一聲）、陽平（第二聲）字後面的輕聲比較低，上聲（第三聲）字後的輕聲最高，去聲（第四聲）字後的輕聲最低。請看下表：

（二）輕聲的規律

輕聲不是一種單純的語音現象，它跟詞彙、語法都有密切的關係。漢語中有些語法成分要讀輕聲，它們有較強的規律性。（以下加點的字讀輕聲）

1. 名詞或代詞的後綴：們、子、頭、麼。

例 我們 他們 孩子 桌子 饅頭 丫頭 什麼 怎麼

2. 結構助詞：的、地、得。

例 我的書　慢慢地說　做得好
▲

3. 動態助詞：着、了、過。

例 看着我　吃了飯　去過西安
▲

4. 語氣助詞：啊、嗎、呢、吧、啦。

例 好啊　好嗎　他呢　坐吧　走啦
▲

5. 疊音名詞。

例 爸爸　媽媽　哥哥　星星　娃娃
▲

6. 單音節動詞重疊的第二個音節。

例 看看　聊聊　聽聽　試試　走走
▲

7. 夾在固定結構詞組中的「一」和「不」。

例 說一說　想一想　嚐一嚐　等一等　要不要　受不了
▲　　管不着　想不通

8. 名詞、代詞後的方位詞「裏」、「上」、「下」。

例 家裏　哪裏　屋裏　抽屜裏　桌上　海上　手上
▲　　沙發上　地下　樓底下　腳底下　床底下

9. 動詞、形容詞後的趨向動詞。

例 出去　進來　過來　走出去　跑進來　拿過來
▲　　說下去

（三）沒有規律的輕聲

不少香港人認為輕聲很難學，因為有些輕聲詞是沒有規律的，如「喜歡」、「學問」、「商量」等。要掌握普通話輕聲，必須記住這些沒有規律的輕聲。其中，部分是習慣性的輕聲，部分則有區別詞義和區別詞性的作用。

1. 習慣性的輕聲

幫手 bāngshou	親戚 qīnqi	豆腐 dòufu
部分 bùfen	差事 chāishi	畜生 chùsheng
窗戶 chuānghu	湊合 còuhe	大夫 dàifu
燈籠 dēnglong	點心 diǎnxin	哆嗦 duōsuo
鑰匙 yàoshi	姑娘 gūniang	厚道 hòudao
見識 jiànshi	磨蹭 móceng	暖和 nuǎnhuo
朋友 péngyou	便宜 piányi	漂亮 piàoliang
清楚 qīngchu	認識 rènshi	商量 shāngliang
上司 shàngsi	頭髮 tóufa	休息 xiūxi
合同 hétong	折騰 zhēteng	轉悠 zhuànyou

2. 區別詞義的輕聲

		非輕聲	輕聲
（1）	大人	dàrén 敬詞：稱長輩。 （多用於書信）	dàren ① 成人。 ② 舊時稱地位高的官長。

		非輕聲	輕聲
（2）	大爺	dàyé 指不好勞動、傲慢任性的男子。	dàye ① 伯父。 ② 尊稱年長的男子。
（3）	德行	déxíng 道德和品行。	déxing 譏諷人的話，表示看不起對方的儀容、舉止、行為、作風等。
（4）	東西	dōngxī ① 方位詞：東邊和西邊。 ② 指從東到西的距離。	dōngxi ① 泛指各種具體的或抽象的事物。 ② 特指人或動物，一般含有厭惡或喜愛的感情。
（5）	廢物	fèiwù 失去原有使用價值的東西。	fèiwu 比喻沒有用的人。 （罵人的話）
（6）	精神	jīngshén ① 名詞：人的意識、思維活動和一般心理狀態。 ② 名詞：宗旨、主要的意義。	jīngshen ① 名詞：表現出來的活力。 ② 形容詞：活躍、有生氣。 ③ 形容詞：英俊，相貌、身材好。
（7）	孫子	Sūnzǐ 孫武，中國古代軍事家。	sūnzi 兒子的兒子。
（8）	實在	shízài ① 形容詞：誠實不虛假。 ② 副詞：的確。 ③ 副詞：其實。	shízai 形容詞：（工作、活兒）扎實、地道、不馬虎。
（9）	兄弟	xiōngdì 哥哥和弟弟。	xiōngdi 弟弟或年紀比自己小的男人。

3. 區別詞性的輕聲

		非輕聲	輕聲
（1）	擺設	bǎishè 動詞 把物品（多指藝術品）按照審美觀點安放。 例：把客廳的沙發和茶几**擺設**好。	bǎishe 名詞 ① 擺設的東西，多指供欣賞的藝術品。 例：客廳裏的**擺設**十分雅致。 ② 比喻中看不中用的東西。
（2）	便當	biàndāng 名詞 盒飯。	biàndang 形容詞 方便；順手；簡單；容易。 例：這裏乘車很**便當**。
（3）	大意	dàyì 名詞 主要的意思。 例：文章的段落**大意**。	dàyi 形容詞 疏忽、不注意。
（4）	地道	dìdào 名詞 在地面下掘成的交通坑道。	dìdao 形容詞 ① 真正是由名產地出產的。 ② 正宗的。
（5）	灌腸	guàncháng 動詞 一種醫療措施。	guànchang 名詞 食品，一種小吃。
（6）	花費	huāfèi 動詞 因使用而消耗掉。	huāfei 名詞 消耗的錢。
（7）	人家	rénjiā 名詞 住戶。	rénjia 代詞 自己或別人。
（8）	世故	shìgù 名詞 處世經驗。	shìgu 形容詞 處事圓滑，不得罪人。
（9）	上頭	shàngtóu 動詞 ① 舊時女子未出嫁時梳辮子，臨出嫁才把頭髮攏上去結成髮髻，叫作上頭。 ② 指喝酒後引起頭暈、頭疼。	shàngtou 名詞 ① 指上面。 ② 指上級、上司。

（四）普通話的兒化韻

「兒化韻」是指一個音節後邊帶上了捲舌元音 er。在連讀中，由於 er 常常作名詞的詞尾，於是產生了音變，er 漸漸失去了獨立性，和它前面的音節融合成一個音節，只留下因捲舌動作而產生的短而弱的兒化韻尾 -r。例如「花兒」一般讀作 huār，而不是 huā'ér。這種變化了的韻母叫兒化韻。

1. 兒化韻的功用

兒化韻主要有以下五種作用：

（1）表示特別的感情色彩（如喜愛、鄙薄、輕蔑、親切、溫和等）。

小偷兒 xiǎotōur　　小流氓兒 xiǎoliúmángr

老頭兒 lǎotóur　　老伴兒 lǎobànr　　大嬸兒 dàshěnr

小孩兒 xiǎoháir　　慢慢兒 mànmānr　　好玩兒 hǎowánr

（2）形容東西細、小、輕、微，或者時間短暫。

冰棍兒 bīnggùnr　　小花兒 xiǎohuār　　小狗兒 xiǎogǒur

小病兒 xiǎobìngr　　小事兒 xiǎoshìr　　沒事兒 méishìr

一會兒 yíhuìr　　待會兒 dāihuǐr

（3）有縮寫作用的兒化韻。

這裏 zhèli —— 這兒 zhèr　　哪裏 nǎli —— 哪兒 nǎr

明天 míngtiān —— 明兒 míngr　　天氣 tiānqì —— 天兒 tiānr

(4) 區別詞義的兒化韻。

	非兒化韻	兒化韻
風	fēng 風 空氣流動產生的現象。 例：我們在沙灘上走着，吹着海**風**，真舒服。	fēngr 風兒 消息、風聲。 例：你收到什麼加工資的**風**兒了？
末	mò 末 東西的梢、盡頭。 例：上世紀**末**，這裏曾發生過一場瘟疫。	mòr 末兒 粉末。 例：把藥研成**末**兒。
白麵	báimiàn 白麵 小麥磨成的粉。 例：我最愛吃用**白麵**做的饅頭。	báimiànr 白麵兒 指作為毒品的海洛因。因為是白色晶體粉末，所以叫白麵兒。 例：**白麵**兒是毒品，年輕人別因為好奇而嘗試。
半天	bàntiān 半天 時間長。 例：等了**半天**，他還是沒來。	bàntiānr 半天兒 一個上午或者一個下午。 例：用**半天**兒的時間就可以把活兒做完。
火星	huǒxīng 火星 太陽系八大行星之一。 例：他最大的夢想是可以到**火星**去旅行。	huǒxīngr 火星兒 極小的火。 例：鐵錘打在石頭上，迸出了不少**火星**兒。
沒門	méi mén 沒門 沒有門。 例：這房子**沒門**，怎麼進去呀？	méiménr 沒門兒 ① 沒有門路，沒有辦法。 ② 表示不可能。 ③ 表示不同意。 例：你想走後門兒？**沒門**兒！
一點	yī diǎn 一點 時間單位。 例：現在已經是凌晨**一點**了，你怎麼還不睡？	yìdiǎnr 一點兒 表示少量。 例：你別把這**一點**兒小事兒放在心裏。

（5）區別詞性的兒化韻。

	非兒化韻	兒化韻
包	bāo 包 動詞：用紙、布等把東西裹起來。 例：把聖誕禮物**包**起來。	bāor 包兒 名詞：裝東西的口袋。 例：他把東西全都放進**包兒**裏了。
火	huǒ 火 ① 名詞：物體燃燒時發出的光焰。 ② 名詞：火氣。 例：你老吃火鍋，很容易上**火**。	huǒr 火兒 ① 動詞：生氣、發怒。 ② 名詞：怒氣。 例：還沒說幾句，他的**火兒**就上來了。

2. 兒化韻的讀法

香港人學兒化韻時主要有兩個難點，一是不會捲舌，二是捲舌的時間沒有掌握好。發兒化韻時，要在發元音的同時捲舌，若等發完韻母再捲舌，那就成了兩個音節，就不是兒化韻了。如：白兔兒，應該發成 báitùr 而不是 báitù'ér；筆尖兒，應該發成 bǐjiār 而不是 bǐjiān'ér。

要想學好兒化韻，必須注意兒化韻在實際發音時會發生改變或失去韻尾的現象。兒化韻的發音規律如下：

（1）韻母是 a, o, e, u, ia, ua, ao, ou, uo, iao, iou 的音節：主要元音或韻尾基本不變，加捲舌動作。

例
▲
板擦兒 bǎncār	挨個兒 āigèr	水珠兒 shuǐzhūr
山坡兒 shānpōr	一下兒 yíxiàr	幹活兒 gànhuór
豆芽兒 dòuyár	土豆兒 tǔdòur	

（2）韻母是 i, ü 的音節：保留 i, ü，在後加上 er。

例 墊底兒 diàndǐr — diàndǐer　　小魚兒 xiǎoyúr — xiǎoyúer

　　小旗兒 xiǎoqír — xiǎoqíer　　有趣兒 yǒuqùr — yǒuqùer

（3）韻母是 -i（即與舌尖前聲母 z, c, s 和舌尖後聲母 zh, ch,
　　 sh 拼合的 -i）的音節：失去原韻母 -i，變成了 er。

例 魚刺兒 yúcìr — yúcer　　　　寫字兒 xiězìr — xiězer

　　樹枝兒 shùzhīr — shùzher　　果汁兒 guǒzhīr — guǒzher

（4）韻母以 i, -n 為韻尾的音節（韻母 in, ün 除外）：失去韻尾 i,
　　 -n，變成主要元音加捲舌動作。

例 一塊兒 yíkuàir — yíkuàr　　　小孩兒 xiǎoháir — xiǎohár

　　一點兒 yìdiǎnr — yìdiǎr　　　好玩兒 hǎowánr — hǎowár

（5）韻母以 -ng 為韻尾的音節（韻母 ing 除外）：失去韻尾 -ng，
　　 前面主要元音鼻化（用 ~ 表示鼻化），同時加上捲舌動作。

例 藥方兒 yàofāngr — yàofãr

　　沒空兒 méikòngr — méikõr

　　蜜蜂兒 mìfēngr — mìfẽr

　　長相兒 zhǎngxiàngr — zhǎngxiãr

（6）韻母是 in, ün, ing 的音節：in, ün 失去韻尾 -n，主要元
　　 音加上 er；ing 失去韻尾 -ng，主要元音加上 er。

例 手印兒 shǒuyìnr — shǒuyìer

　　花裙兒 huāqúnr — huāqúer

　　沒勁兒 méijìnr — méijìer

　　使勁兒 shǐjìnr — shǐjìer

電影兒 diànyǐngr — diànyǐer

花瓶兒 huāpíngr — huāpíer

二、知識窗：漢語詞彙的瑰寶 —— 成語

　　成語是人們長期以來慣用的、簡潔精闢的、已經定型的短語，不僅數量大，而且富有表現力。要注意的是，粵語裏的成語有時與普通話的成語僅有一字之差，例如：普通話説「包羅萬象」，粵語説「包羅萬有」；普通話説「異想天開」，粵語説「妙想天開」。以下附有粵普成語對照表，以助大家瞭解對比。

常見粵普成語對照表

粵語	普通話	例子
一日到黑	一天到晚	他一天到晚忙個不停。
三心兩意	三心二意	你別再三心二意了！
豬朋狗友	狐朋狗友	他交了一群狐朋狗友。
轉彎抹角	拐彎抹角	別拐彎抹角了，直說吧！
窿窿罅罅	犄角旮旯兒	我犄角旮旯兒都翻遍了，還是沒有。
妙想天開	異想天開	你真是異想天開。
時來運到	時來運轉	你真是時來運轉了。
行雷閃電	電閃雷鳴	冬天電閃雷鳴不正常。
水浸眼眉	火燒眉毛	都火燒眉毛了，你還磨蹭！
有頭有面	有頭有臉	那可是個有頭有臉的人物。
過橋抽板	過河拆橋	過河拆橋的事可不能幹。
神乎其技	神乎其神	他表演的魔術神乎其神。

粵語	普通話	例子
牛高馬大	人高馬大	他人高馬大，力氣也大。
花哩胡碌	花裏胡哨	她穿得花裏胡哨的。
蛇頭鼠眼	獐頭鼠目	那個人長得獐頭鼠目的。
多除少補	多退少補	先交這些錢，到時多退少補。

三、練習

1. 成語接龍：

　　請你將以下 33 條成語的拼音譯成漢字，然後由 「一帆風順」的 「順」字開始，將餘下的 30 條成語全部填入圖中。注意每個成語的第一個字必須和前一個成語的最後一個字相同並重疊。

（1）yìfān-fēngshùn　船掛滿帆，一路順風而行。

（2）shùnshǒu-qiānyáng　比喻乘機取走他人財物。

（3）yángrù-hǔkǒu　比喻置身於危險的境地，必死無疑。

（4）kǒuruò-xuánhé　說起話來像瀑布一樣滔滔不絕。比喻能言善辯。

（5）héqīng-hǎiyàn　比喻天下太平。

（6）yàn'ān-zhèndú　指貪圖安逸享樂等於飲毒酒自殺。

（7）dúshé-měngshòu　泛指對人類生命有威脅的動物。比喻殘暴者。

（8）shòujù-niǎosàn　比喻聚散無常。也比喻烏合之眾。

（9）sàndài-héngmén　指退官閒居或過隱居生活。

（10）méndāng-hùduì　舊時指男女雙方的社會地位和經濟情
　　　況相當，結親很適合。

（11）duìjiǔ-dānggē　原意指人生時間有限，應有所作為。後
　　　也用來指及時行樂。

（12）gēwǔ-shēngpíng　邊歌邊舞，慶祝太平。有粉飾太平的
　　　意思。

（13）píngdàn-wúqí　指事物或詩文平平常常，沒有吸引人的
　　　地方。

（14）qízhēn-yìbǎo　珍異難得的寶物。

（15）bǎodāo-bùlǎo　比喻雖然年齡已大或脫離本行已久，但
　　　功夫技術並沒減退。

（16）lǎotài-lóngzhōng　形容年老體衰，行動不靈便。

（17）zhōnggǔ-zhuànyù　形容富貴豪華的生活。

（18）yùchéng-qíshì　成全某件好事。

（19）shìbú-guòsān　指同樣的事不宜連做三次。

（20）sānrén-chénghǔ　比喻説的人多了，就能使人們把謠言
　　　當事實。

（21）hǔkǒu-táoshēng　比喻逃脫極危險的境地僥倖活下來。

（22）shēnghuā-miàobǐ　比喻傑出的寫作才能。

（23）bǐfá-kǒuzhū　從口頭和書面上對壞人壞事進行揭露和聲討。

（24）zhūbào-tǎonì　討伐兇暴、叛逆之人。

（25）nì'ěrzhīyán　聽起來不舒服的話（多指尖銳、中肯的勸
　　　告或批評）。

（26）yánguīyúhǎo　指彼此重新和好。

（27）hàoyì-wùláo　貪圖安逸，厭惡勞動。

（28）láokǔ-gōnggāo　出了很多力，吃了很多苦，立下了很大的功勞。

（29）gāobùkěpān　形容難以達到。也形容人高高在上，使人難以接近。

（30）pānlóng-fùfèng　指巴結投靠有權勢的人以獲取富貴。

（31）fènggē-luánwǔ　神鳥歌舞。比喻美妙的歌舞。

（32）wǔwén-nòngmò　故意玩弄文筆。原指曲引法律條文作弊。後常指玩弄文字技巧。

（33）mòshǒu-chéngguī　指思想保守，守着老規矩不肯改變。

一	帆	風	順						
歌									
當									
酒								宴
對								安
								鴆
								毒

2. 粵語的成語與普通話的成語，常常只有一字之差，你知道以下成語的普通話說法嗎？把答案寫在橫線上。

	粵語成語	普通話成語
（1）	一時三刻	一時___會
（2）	三番四次	三番___次
（3）	坐吃山崩	坐吃山___
（4）	加鹽加醋	添___加醋
（5）	不經不覺	不___不覺
（6）	急不及待	___不及待
（7）	有頭有面	有頭有___
（8）	天花龍鳳	天花_____

3. 把下面應該讀作輕聲的詞語圈出來。

（1）啞巴 （2）腦袋 （3）擬聲 （4）調節 （5）漂亮 （6）投靠

（7）鮮明 （8）餃子 （9）海島 （10）名字 （11）假設 （12）厚道

4. 普通話中的「子」。

普通話中很多帶「子」字的詞都讀輕聲，如「鼻子」、「椅子」。但有不少人誤以為凡是有「子」的詞都讀輕聲。其實，讀輕聲的「子」大多數都是後綴，沒有實際意義。但有些帶「子」的詞，「子」字有實際意義，不能讀輕聲，一定要讀原調。如「蓮子」的「子」，意思是「蓮蓬的子」；「男子」的「子」指「人」。請在橫線上寫出「子」字的漢語拼音，再把它讀出來：

(1) 這把梳子＿＿＿＿很漂亮。

(2) 原子＿＿＿＿彈的威力很大。

(3) 他沒事的時候很喜歡嗑瓜子＿＿＿＿。

(4) 女子＿＿＿＿中學不收男生。

(5) 王先生不喜歡吃栗子＿＿＿＿。

(6) 田先生喜歡讀《孫子＿＿＿＿兵法》。

(7) 杯子＿＿＿＿、被子＿＿＿＿不分是廣東人常見的毛病。

(8) 子＿＿＿＿曰：「學而時習之，不亦說乎？」

5. 下列句子中，選出哪個劃線詞是輕聲詞。

(1) A 老<u>地方</u>見!

B 總書記是中央領導，省長是<u>地方</u>幹部。

(2) A 他們<u>兄弟</u>倆都來了。

B <u>兄弟</u>，幫幫忙好嗎？

(3) A 你一定要把這篇文章的段落<u>大意</u>搞清楚。

B 你太<u>大意</u>了，怎麼會不見了呢!

(4) A 他以為他<u>老子</u>天下第一呀。

B <u>老子</u>是著名的思想家。

(5) A <u>買賣</u>雙方一定要坐下來好好兒談判。

B 我們是小<u>買賣</u>，怎麼能賺大錢。

6. 讀一讀句子，在需要的橫線上加「兒」，不需要加「兒」的打 ×。

（1）李先生說：我今天有空_____，請你們吃飯吧。

（2）那個穿西裝的是我們的頭_____，他是潮州人_____。

（3）小明撞到了桌子，頭上起了一個大包_____。

（4）太太下個月過生日，我想買個包_____給她。

（5）我最近工作壓力大，常常頭_____疼。

下部

qíngjǐng　duìhuà

情景對話

第 1 課　kāilì yínháng zhànghù 開立銀行賬戶

掃碼聽錄音

一、課文 🎧 1-1

kāilì gèrén zhànghù
（一）開立個人 賬戶

yínháng zhíyuán　nínhǎo　yǒu shénme kěyǐ bāng nín ma
銀行 職員：您好，有 什麼 可以 幫 您 嗎？

gùkè　wǒ xiǎng kāishè yí gè zhànghù
顧客　　：我 想 開設 一 個 賬戶 。

yínháng zhíyuán　hǎo de　 qǐng gěi wǒ nín de　Xiānggǎng
銀行 職員：好 的， 請 給 我 您 的 香港
　　　　　　shēnfènzhèng
　　　　　　身份證 。

gùkè　wǒ gāng dào Xiānggǎng　hái zài shēnqǐng
顧客　　：我 剛 到 香港 ，還 在 申請
　　　　　　shēnfènzhèng　zěnme bàn
　　　　　　身份證 ，怎麼 辦？

yínháng zhíyuán　nà nín yǒu méiyǒu dài Gǎng-Ào Tōngxíngzhèng
銀行 職員：那 您 有 沒有 帶 港澳 通行證
　　　　　　huòzhě hùzhào
　　　　　　或者 護照？

gùkè　wǒ dàile Gǎng-Ào Tōngxíngzhèng
顧客　　：我 帶了 港澳 通行證 。

yínháng zhíyuán　yě máfan nín tígōng yíxià sān gè yuè nèi de zhùzhǐ
銀行 職員：也 麻煩 您 提供 一下 三 個 月 內 的 住址

zhèngmíng
證明 。

gùkè
顧客 ： wǒ dàile shuǐfèi zhàngdān　kěyǐ ma
我 帶了 水費 　賬單 ，可以 嗎？

yínháng zhíyuán
銀行 職員 ： kěyǐ de　nín xiǎng kāishè pǔtōng zhànghù háishi
可以 的。您 想 開設 普通 賬戶 還是
zōnghé zhànghù
綜合 賬戶 ？

gùkè
顧客 ： yǒu shénme qūbié ma
有 什麼 區別 嗎？

yínháng zhíyuán
銀行 職員 ： pǔtōng zhànghù zhǐ tígōng jīchǔ de gǎngbì jiésuàn
普通 賬戶 只 提供 基礎 的 港幣 結算
cúnchǔ fúwù　　zōnghé zhànghù chúle gǎngbì
存儲 服務。綜合 賬戶 除了 港幣
cúnchǔ fúwù yǐwài　hái tígōng rénmínbì　wàihuì
存儲 服務 以外，還 提供 人民幣 、 外匯
de cúnchǔ fúwù　　tóngshí yě tígōng gǔpiào　　jījīn
的 存儲 服務，同時 也 提供 股票 、基金
tóuzī hé bǎoxiǎn fúwù
投資 和 保險 服務。

gùkè
顧客 ： zōnghé zhànghù kěyǐ chádào wǒ měi gè yuè de
綜合 賬戶 可以 查到 我 每 個 月 的
xiāofèi míngxì ma
消費 明細 嗎？

yínháng zhíyuán
銀行 職員 ： kěyǐ　　zōnghé zhànghù huì tígōng měi yuè de
可以 ，綜合 賬戶 會 提供 每 月 的
xiāofèi yuèjiédān　zhànghù de yú'é　　zhuǎnzhàng
消費 月結單 ，賬戶 的 餘額 、 轉賬 、
zhīchū　　tíkuǎn　　tóuzī　lǐcái　　jìlù　dōu néng
支出 、 提款 、 投資、 理財 記錄 都 能
chádào　　ràng nín yímù-liǎorán
查到 ， 讓 您 一目了然 。

顧客：好的，那我就開設一個綜合賬戶吧！

銀行職員：我現在幫您申請一個綜合賬戶，過幾天您會收到一張銀行卡，啟動賬戶就可以正常使用了。

顧客：這個賬戶會收取卡費嗎？

銀行職員：如果您的賬戶保證有一萬塊現金餘額就免收卡費，否則每個月會有200塊的服務費。

顧客：謝謝你！

銀行職員：不客氣！

（二）開通手機銀行

顧客：你好，我最近常常出差，有的時候不能用電腦上網，你們有沒有手機銀行？

銀行　職員：有的，您　可以　申請　個人　流動　理財
服務，也　就是　您　說　的　手機　銀行。

顧客　：用　手機　銀行　交易　安全　嗎？

銀行　職員：非常　安全，您　的　賬戶　登入、交易
指示　都　是　通過　流動　安全　編碼　和
生物　認證，也　就是　指紋，對　您　的
身份　進行　核實　的，而且　交易　完成
後　我們　會　在　第一　時間　用　手機　短信
通知　您　實際　的　交易　情況。

顧客：綜合賬戶的服務在手機銀行上都能操作嗎？

銀行職員：可以，除此以外還有一些對您來說相當實用的功能。比方說，快速支付功能，您可以對港幣和人民幣進行即時跨行轉賬。也可以提前在手機上取號兒，到服務大廳直接辦理業務，節省您在櫃枱的等候時間。

顧客：你這麼一介紹，我現在就想開通手機銀行了，我怎麼開通？

銀行職員：您的手機是安卓系統還是蘋果系統？

顧客：蘋果系統。

銀行職員：那您可以直接從手機下載我們銀行的個人流動理財服務應用程序，根據系統指示完成註冊

shēnqǐng jiù kěyǐ shǐyòng le
申請　就 可以　使用　了。

gùkè　　　　　hǎo de　nà wǒ huítóu shìshi
顧客　　　：好 的，那 我 回頭　試試。

yínháng zhíyuán　rúguǒ hái yǒu shénme wèntí　kěyǐ bōdǎ wǒmen
銀行　職員：如果　還 有　什麼　問題，可以　撥打　我們

de kèfú diànhuà cháxún
的 客服　電話　查詢。

二、詞語 1-2

（一）課文詞語

賬戶 zhànghù	通行證 tōngxíngzhèng	護照 hùzhào
住址 zhùzhǐ	證明 zhèngmíng	賬單 zhàngdān
綜合 zōnghé	結算 jiésuàn	存儲 cúnchǔ
外匯 wàihuì	股票 gǔpiào	基金 jījīn
保險 bǎoxiǎn	明細 míngxì	月結單 yuèjiédān
餘額 yú'é	轉賬 zhuǎnzhàng	支出 zhīchū
啟動 qǐdòng	指紋 zhǐwén	核實 héshí
短信 duǎnxìn	交易 jiāoyì	操作 cāozuò
功能 gōngnéng	支付 zhīfù	即時 jíshí
跨行 kuàháng	辦理 bànlǐ	開通 kāitōng

（二）補充詞語

年費 niánfèi　　　手續費 shǒuxùfèi　　　定期存款 dìngqī cúnkuǎn

匯款 huìkuǎn　　　收款人 shōukuǎnrén　　利息 lìxī

原件 yuánjiàn　　　稅單 shuìdān　　　　　僱傭合同 gùyōng hétong

審批 shěnpī　　　　領取 lǐngqǔ　　　　　　資金 zījīn

三、粵普對照 🎧 1-3

粵	普
戶口	賬戶 zhànghù
結餘	餘額 yú'é
擢錢	取錢 qǔqián
入錢	存錢 cúnqián
過數	轉賬 zhuǎnzhàng
現鈔	現金 xiànjīn
櫃員機	自動取款機 zìdòng qǔkuǎnjī

四、練習

1.回答下面的問題。

（1）你現在使用的是什麼賬戶？這個賬戶能提供哪些服務？

（2）你的銀行賬戶的什麼服務對你來說很便捷？為什麼？

（3）你的銀行賬戶的哪一項服務你最滿意，為什麼？

2. 兩人一組，一人扮演銀行職員，一人扮演顧客。顧客是從內地來香港讀研究生的一名學生，他想從網上銀行向學校轉繳學費，銀行職員向學生介紹網上操作的程序。

參考詞語：

賬單　繳費　商戶名稱　賬戶號碼　金額　備註
輸入密碼　點擊　確認　完成

3. 用普通話説出下列句子。

（1）我想睇睇我嘅戶口結餘。

（2）你估下香港有幾多間銀行？人哋話銀行多過米舖。

（3）唔該，你喺呢度簽個名。

4. 朗讀練習。

　　香港是主要的國際金融中心，金融體系監管制度穩健。自 2004 年發展離岸人民幣業務，迄今已成為全球離岸人民幣業務樞紐。業務包括內地與香港基金互認、滬港通、深港通、債券通等。這些離岸人民幣業務將有助拓寬內地和香港的跨境投資渠道，深化兩地金融市場的互聯互通，提升兩地在國際資產及財富管理領域的競爭力。

〈知識窗〉香港的印鈔銀行

　　目前，在香港流通的紙幣面額為 10 元、20 元、50 元、100 元、500 元和 1000 元，面額為 10 元的紙幣由香港政府發行，其餘面額的紙幣則由三家不同的商業銀行發行。這三家銀行分別是香港上海滙豐銀行、中國銀行（香港）有限公司和渣打銀行（香港）有限公司。這三家發鈔銀行在發行鈔票時需按照制定的匯率向外匯基金交出美元，贖回已經發行的紙幣時，也須以相同的匯率從外匯基金取回等值的美元。因此如果大家仔細觀察，就會發現這三家發行紙幣上面都印有「憑票即付」字樣，這背後都有美元作為保證和支撐。

第 2 課

xìnyòngkǎ fúwù
信用卡 服務

掃碼聽錄音

一、課文 2-1

dàxué liányíng xìnyòngkǎ
（一）大學 聯營 信用卡

顧客
gùkè
：nǐhǎo qǐngwèn zhè shì shénme kǎ hěn
你好， 請問 這 是 什麼 卡？很
piàoliang hái yǒu dàxué de xiàohuī
漂亮 ，還 有 大學 的 校徽 。

銀行 職員
yínháng zhíyuán
：zhè shì wǒmen zuì xīn tuīchū de dàxué liányíng
這 是 我們 最 新 推出 的 大學 聯營
xìnyòngkǎ nǐ shì xuéshēng ma
信用卡 ，你 是 學生 嗎？

顧客
gùkè
：wǒ yǒu nàme niánqīng ma wǔ nián qián wǒ shì
我 有 那麼 年輕 嗎？五 年 前 我 是
xuéshēng xiànzài yǐjīng zuò lǎoshī la
學生 ， 現在 已經 做 老師 啦。

銀行 職員
yínháng zhíyuán
：wā kàn bu chūlái wǒ hái yǐwéi nǐ shì xuéshēng
哇！看 不 出來 ，我 還 以為 你 是 學生 ，
zhēn shì niánqīng-yǒuwéi a
真 是 年輕有為 啊！

顧客
gùkè
：hāhā nín guòjiǎng le zhè zhǒng xìnyòngkǎ zài
哈哈！您 過獎 了。這 種 信用卡 在
xiāofèi shí yǒu shénme yōuhuì ma
消費 時 有 什麼 優惠 嗎？

銀行　職員：這　張　卡　永久　免收　年費，也　就是
説，這　張　卡　開通　後，你　用　還是
不　用　都　不　會　產生　任何　費用。
除此以外，如果　你　每　個　月　消費　滿
6000　塊，還　會　贈送　你 500　塊　的

Cash Dollars。

顧客　　：什麼　是 Cash Dollars？你　能　不　能
介紹　一下？

銀行　職員：哦，Cash Dollars 就是　積分　回贈。當　你
使用　信用卡　消費，銀行　就　會　獎勵
你　一些　積分，存在　你　的　卡　裏，下次　消費
時　就　可以　當　錢　使用　了。

顧客　　：好　的，明白　了，還　有　什麼　其他　的
優惠　嗎？

銀行　職員：這　張　信用卡　可以　讓　你　在　自己
所在　的　大學　免費　停車　四　小時、
免費　使用　學校　的　設施，以及　在

xuéxiào de cāntīng chīfàn dǎ bāwǔ zhé
學校 的 餐廳 吃飯 打 八五 折。

gùkè　　　　　hǎoxiàng tǐng búcuò de　nà wǒ zěnme shēnqǐng
顧客　　：　好像 挺 不錯 的，那 我 怎麼 申請

ne
呢？

yínháng zhíyuán　nǐ xiān tián yíxià zhè zhāng dēngjìbiǎo　wǒmen
銀行 職員：你 先 填 一下 這 張 登記表 。 我們

jìlù yíxià nǐ de jīběn xìnxī　ránhòu nǐ dào
記錄 一下 你 的 基本 信息， 然後 你 到

wǒmen gōngsī de wǎngzhàn shàngchuán xiāngguān
我們 公司 的 網站 上傳 相關

zīliào hé wénjiàn
資料 和 文件。

gùkè　　　　　wǒ zài wǎng shang xūyào tíjiāo nǎxiē zīliào hé
顧客　　：　我 在 網 上 需要 提交 哪些 資料 和

wénjiàn
文件 ？

yínháng zhíyuán　nǐ shì dàxué zhíyuán　xūyào tíjiāo shēnfènzhèng
銀行 職員：你 是 大學 職員 ，需要 提交 身份證

huòzhě hùzhào fùyìnjiàn　zhíyuánzhèng fùyìnjiàn
或者 護照 複印件、 職員證 複印件，

zuìjìn yí gè yuè de gōngzī zhèngmíng hé zhùzhǐ
最近 一 個 月 的 工資 證明 和 住址

zhèngmíng　duì le　nín xiànzài shì yǒngjiǔ jūmín
證明 。對 了，您 現在 是 永久 居民

ma
嗎？

gùkè　　　　　hái bú shì
顧客　　：　還 不 是。

yínháng zhíyuán　nà nǐ hái xūyào tígōng Gǎng-Ào Tōngxíngzhèng
銀行 職員：那 你 還 需要 提供 港澳 通行證

zhèngmiàn hé fǎnmiàn de fùběn
正面 和 反面 的 副本。

gùkè
顧客 ：明白 了，那 我 現在 先 登記，然後
wǒ zài dào wǎng shang tíjiāo zīliào hé wénjiàn
我 再 到 網 上 提交 資料 和 文件 。

yínháng zhíyuán hǎo de nǐ xiànzài dēngjì wǒ zài sòng nǐ liǎng
銀行 職員 ： 好 的，你 現在 登記，我 再 送 你 兩
zhāng xīngbākè de xiānnǎi kāfēi yōuhuìquàn
張 星巴克 的 鮮奶 咖啡 優惠券 。

（二） 簽賬 和 消費 分期
qiānzhàng hé xiāofèi fēnqī

Xú xiānsheng nǐ gēn péngyou de lǚxíng zěnmeyàng
徐 先生 ：你 跟 朋友 的 旅行 怎麼樣 ？

Huáng nǚshì wánr de hěn kāixīn wǒmen qù běihǎidào wánrle
黃 女士 ：玩兒 得 很 開心，我們 去 北海道 玩兒了
zhěngzhěng yí gè xīngqī
整整 一 個 星期 。

Xú xiānsheng pāizhào le ma ràng wǒ kànkan
徐 先生 ： 拍照 了嗎？ 讓 我 看看 。

Huáng nǚshì
黃 女士 ：你 太 老土 了，誰 還 拍照 啊？我們 錄
nǐ tài lǎotǔ le shéi hái pāizhào a wǒmen lù-

le dǒuyīn gěi nǐ kànkan
了 抖音，給 你 看看。

Xú xiānsheng
徐 先生 ：譴！你們 玩兒 得 真 是 不錯 啊，又 是
xuè nǐmen wánr de zhēn shì búcuò a yòu shì

qiánshuǐ yòu shì hǎixiān dàcān huāle bù shǎo
潛水，又 是 海鮮 大餐，花了 不 少

qián ba
錢 吧？

Huáng nǚshì
黃 女士 ：哎！別 提 了，玩 得 倒是 很 盡興，可是
āi bié tí le wán de dàoshì hěn jìnxìng kěshì

qián yě huāle bù shǎo xìnyòngkǎ dōu shuābào
錢 也 花了 不 少，信用卡 都 刷爆

le zhèng chóu zěnme bàn ne
了，正 愁 怎麼 辦 呢。

Xú xiānsheng
徐 先生 ：你 知道 銀行 的 消費 分期 計劃 嗎？我
nǐ zhīdào yínháng de xiāofèi fēnqī jìhuà ma wǒ

shàng gè yuè mǎile tái diànnǎo jiùshì yòng zhège
上 個 月 買了 台 電腦，就是 用 這個

jìhuà zuò de fēnqī fùkuǎn
計劃 做 的 分期 付款。

Huáng nǚshì
黃 女士 ：我 還 真 不 知道 這個 計劃，手續費 貴
wǒ hái zhēn bù zhīdào zhège jìhuà shǒuxùfèi guì

bu guì
不 貴？

Xú xiānsheng
徐 先生 ：不 貴，我 上 次 刷了 兩萬八，
bú guì wǒ shàng cì shuāle liǎngwànbā

shēnqǐngle gè yuè de fēnqī huánkuǎn měi gè
申請了 36 個 月 的 分期 還款，每 個

yuè de shǒuxùfèi bú dào
月 的 手續費 不 到 0.2%。

Huáng nǚshì
黃　女士　：那 如果 我 刷 五萬 塊， 申請 12 個
nà rúguǒ wǒ shuā wǔwàn kuài　shēnqǐng　gè

yuè de fēnqī huánkuǎn　wǒ měi gè yuè yào huán
月 的 分期 還款 ，我 每 個 月 要 還

duōshao qián
多少　錢 ？

Xú xiānsheng
徐　先生　：你 每 個 月 的　還款額 ， 等於 分期
nǐ měi gè yuè de huánkuǎn'é　děngyú fēnqī

jīn'é chúyǐ fēnqī qīshù　zài jiāshàng měi yuè
金額 除以 分期 期數， 再　加上　每　月

shǒuxùfèi　suàn xiàlai chàbuduō shì yí gè yuè
手續費 ， 算 下來 差不多 是 一 個 月

huán　　kuài zuǒyòu
還 4500 塊　左右 。

Huáng nǚshì
黃　女士　：如果 是 這樣　的話 ，我 真的　應該
rúguǒ shì zhèyàng dehuà　wǒ zhēnde yīnggāi

shēnqǐng jiārù zhège jìhuà　huánkuǎn　yālì
申請　加入 這個 計劃 ， 還款　壓力

xiǎo　xiāofèi gèng zìyóu　nǐ gǎnkuài bǎ diànhuà
小 ， 消費 更 自由，你 趕快 把 電話

hàomǎ gàosu wǒ
號碼 告訴 我 。

Xú xiānsheng
徐　先生　：你 等 一下兒，我 在 手機 上 查 一 查 。
nǐ děng yíxiàr　wǒ zài shǒujī shang chá yi chá

二、詞語 🎧2-2

(一) 課文詞語

校徽 xiàohuī　　　推出 tuīchū　　　年輕 niánqīng

過獎 guòjiǎng　　　消費 xiāofèi　　　優惠 yōuhuì

永久 yǒngjiǔ   年費 niánfèi   開通 kāitōng

產生 chǎnshēng   贈送 zèngsòng   積分 jīfēn

回贈 huízèng   獎勵 jiǎnglì   停車 tíngchē

設施 shèshī   打折 dǎzhé   記錄 jìlù

上傳 shàngchuán   資料 zīliào   文件 wénjiàn

住址 zhùzhǐ   證明 zhèngmíng   計劃 jìhuà

護照 hùzhào   複印件 fùyìnjiàn   潛水 qiánshuǐ

盡興 jìnxìng   金額 jīn'é   還款 huánkuǎn

（二）補充詞語

開戶行 kāihùháng   銀聯 yínlián   掛失 guàshī

凍結 dòngjié   持卡人 chíkǎrén   透支 tòuzhī

補辦 bǔbàn   櫃枱 guìtái   分行 fēnháng

吞卡 tūn kǎ

三、粵普對照 （2-3）

粵	普
泊車	停車 tíngchē
coupon	優惠券 yōuhuìquàn
卡數	欠款 qiànkuǎn
走數	賴賬 làizhàng

067

粵	普
出糧	發工資 fā gōngzī
後生	年輕 niánqīng
碌卡	刷卡 shuākǎ

四、練習

1. 討論時間：

　（1）信用卡有哪些好處和壞處？

　（2）你什麼時候喜歡用信用卡？

　（3）你鼓勵年輕人使用信用卡嗎？

2. 兩人一組，一人扮演銀行職員，一人扮演從內地來港工作的顧客，銀行職員給顧客介紹所在銀行的信用卡。

　參考詞語：

　　推出　消費　優惠　年費　積分　住址證明　證件
　　複印件

3. 用普通話說出下列句子。

　（1）喺呢度直行轉右，有三間銀行，攞錢都幾方便㗎。

　（2）你今日喺銀行入咗幾多錢呀？

　（3）出外便食飯簽卡得唔得？

4. 朗讀練習。

　　與內地消費者的支付方式不同，在香港不論是在商場還是在飯館消費人們都很喜歡使用信用卡。因為信用卡不但方便快捷，而且商戶跟銀行常常一起舉辦一些優惠活動吸引消費者。比方説打折活動、贈送禮品活動、積分活動、換購活動、回贈現金活動什麼的，花樣繁多。此外，也有很多機構和店舖會發行各自專屬的信用卡，卡面圖案設計精美，個性十足，深受消費者的喜愛。

〈知識窗〉信用卡的起源

　　20世紀早期，商品經濟快速發展，各種產品極大豐富。但消費者們囊中羞澀，買不起這麼多新產品。於是聰明的商家便發明了分期付款。雖然分期付款能促進消費，但也給商家帶來了麻煩。他們需要定期向消費者收款，承擔違約的風險，分期付款的方式並沒有廣泛被消費者認可。1950年一位商人成立了一個消費者互助組織——Diners Club，只要加入當會員，就可以獲得一張會員卡，在會員商店憑卡消費。對於商家來說這張卡省掉了很多繁瑣的工作步驟，每月直接跟 Diners Club 結算即可。對於會員來說，可以在指定商店先買後付，非常方便，受到了消費者的歡迎。12個月內 Diners Club 發展了 42,000 名會員，並被 330 家商戶接受。幾年後一些商業銀行看到了這種付款方式有利可圖，於是紛紛效仿，逐步發展成了我們今天使用的信用卡。

第 3 課

證券投資

掃碼聽錄音

一、課文 🎧 3-1

zhǐshù jījīn
（一）指數 基金

gùkè **顧客**	nǐhǎo wǒ xiǎng zài wǎng shang gēnggǎi wǒ de ：你好，我 想 在 網 上 更改 我 的 zhùzhǐ zhīqián zài wǒ de shǒujǐ yínháng shìle jǐ 住址。之前 在 我 的 手機 銀行 試了 幾 cì lǎoshì shuō wǒ de yànzhèngmǎ bú duì nǐ 次，老是 說 我 的 驗證碼 不 對，你 néng bu néng bāng wǒ gēnggǎi yíxià 能 不 能 幫 我 更改 一下？
yínháng zhíyuán **銀行 職員**	méi wèntí qǐng gěi wǒ nǐ de shēnfènzhèng ：沒 問題，請 給 我 你 的 身份證 。 yínháng xiànzài huì gěi nǐ de shǒujǐ fā yí gè 銀行 現在 會 給 你 的 手機 發 一 個 yànzhèngmǎ shōudào hòu gàosu wǒ 驗證碼 ， 收到 後 告訴 我。
gùkè **顧客**	shōudào le yànzhèngmǎ shì ：收到 了， 驗證碼 是 967781。
yínháng zhíyuán **銀行 職員**	hǎo de zhùzhǐ gǎihǎo le hái yǒu shénme ：好 的，住址 改好 了，還 有 什麼 kěyǐ bāng nín de ma 可以 幫 您 的 嗎？

顾客 gùkè：你們 nǐmen 現在 xiànzài 有 yǒu 什麼 shénme 好 hǎo 的 de 理財 lǐcái
產品 chǎnpǐn？我 wǒ 想 xiǎng 瞭解 liǎojiě 一下 yíxià。

銀行 職員 yínháng zhíyuán：如果 rúguǒ 你 nǐ 有 yǒu 閒置 xiánzhì 資金 zījīn，可以 kěyǐ 考慮 kǎolǜ 投資 tóuzī
指數 zhǐshù 基金 jījīn。

顾客 gùkè：什麼 shénme 是 shì 指數 zhǐshù 基金 jījīn？

銀行 職員 yínháng zhíyuán：指數 zhǐshù 基金 jījīn 是 shì 基金 jījīn 的 de 一 yì 種 zhǒng，跟 gēn 股票 gǔpiào
基金 jījīn、債券 zhàiquàn 基金 jījīn 等 děng 其他 qítā 類型 lèixíng 的 de
基金 jījīn 差不多 chàbuduō。簡單 jiǎndān 一點 yìdiǎn 說 shuō 就是 jiùshì 在 zài
眾多 zhòngduō 股票 gǔpiào 中 zhōng 選好 xuǎn hǎo 一 yì 籃子 lánzi 股票 gǔpiào，

071

這些 被 選中 的 股票 共同 構成 一個 指數,我們 就 按 這個 指數 購買 證券 , 像 滬深 300 指數 基金、標普 500 指數 基金、天弘中證 500 指數 基金 都 屬於 指數 基金。

顧客:這 種 投資 與 傳統 的 股票 相比 , 有 什麼 優點 呢?

銀行 職員:指數 基金 可以 更 好 地 規避 金融 市場 的 非系統 風險 ,在 股票 市場 下跌 或 震盪 時 更 抗 跌。

顧客:那 指數 基金 的 投資 風險 是 不 是 比 股票 低 一些?

銀行 職員:沒錯 ,因為 它 相當 於 把 資金 分散 到了 成分股 中 ,投資 相對 來説 比較 分散 ,所以 投資 風險 也 就 低 了。

顧客:聽 你 這麼 一 説 ,我 真 是 有點

xīndòng zhème dī de fēngxiǎn yídìng néng
心動 ，這麼 低 的 風險 ，一定 能

zhuànqián
賺錢 。

yínháng zhíyuán | tóuzī hái xū jǐnshèn zhǐshù jījīn bìjìng shǔyú
銀行 職員 ：投資 還 需 謹慎 ，指數 基金 畢竟 屬於

gǔpiào jījīn háishi yǒu yìxiē fēngxiǎn de
股票 基金 ，還是 有 一些 風險 的 ，

tóuzī rènhé lǐcái chǎnpǐn dōu yào rènzhēn kǎolǜ
投資 任何 理財 產品 都 要 認真 考慮

yíxià
一下 。

gùkè | míngbai le xièxie nǐ nà wǒ yě zài lěngjìng
顧客 ：明白 了 ，謝謝 你 ，那 我 也 再 冷靜

lěngjìng kǎolǜ kǎolǜ
冷靜 ，考慮 考慮 。

yínháng zhíyuán | bié kèqi zhè shì wǒ de míngpiàn rúguǒ xiǎng
銀行 職員 ：別 客氣 ，這 是 我 的 名片 ，如果 想

tóuzī zhǐshù jījīn nǐ jiù liánxì wǒ
投資 指數 基金 你 就 聯繫 我 。

gǔpiào fúwù
（二） 股票 服務

Xú xiǎojiě | wǒ tīngshuō nǐ chǎogǔ zhuànle bù shǎo yǒu
徐 小姐 ：我 聽説 你 炒股 賺了 不 少 ，有

shénme miàozhāo ma ràng wǒ yě gēnzhe nǐ
什麼 妙招 嗎 ？讓 我 也 跟着 你

fājiāzhìfù
發家致富 。

Huáng xiānsheng | bié kāi wánxiào le miàozhāo tán bu shàng
黃 先生 ：別 開 玩笑 了 ，妙招 談 不 上 ，

但 如果 你 想 炒股，就 應該 下載 一
個 炒股 的 App。

徐 小姐：這 種 股票 投資 的 App 好用 嗎？

黃　先生：很 好用，你 註冊 以後 綁定
銀行卡 就 可以 直接 在 平台 上 交易
股票。

徐 小姐：只能 買 港股 嗎？

黃　先生：只要 你 資金 雄厚，美股、滬深股、
新加坡股 都 能 買，也 可以 購買
基金。

徐 小姐：那 購買 股票 的 手續費 高 嗎？

黃　先生：不 高，一 筆 交易 只 收取 0.03% 的
佣金 和 每 筆 16 塊 的 平台 使用費。

徐 小姐：確實 不 貴，那 在 App 上 存入、提取
資金 方便 嗎？

黃　先生：很 方便，尤其 是 存入 資金，從 你

de yínháng dào zhànghù zuì duō liǎng gè
的 銀行 到 App 賬戶 最多 兩個

xiǎoshí dào zhàng rúguǒ nǐ yào gòumǎi hǎiwài
小時 到 賬 ，如果 你 要 購買 海外

gǔpiào hái kěyǐ bāng nǐ zài nèi duìhuàn
股票 還 可以 幫 你 在 App 內 兌換

huòbì huìlǜ dōu shì ànzhào shíshí huìlǜ jìsuàn
貨幣 ，匯率 都 是 按照 實時 匯率 計算

de
的 。

Xú xiǎojiě tíqǔ zījīn fāngbiàn ma
徐 小姐 ：提取 資金 方便 嗎？

Huáng xiānsheng tíqǔ zījīn shāowēi màn yìdiǎnr yìbān zài
黃 先生 ：提取 資金 稍微 慢 一點兒 ，一般 在 2-3

gè gōngzuòrì fǎnhuí yínháng zhànghù
個 工作日 返回 銀行 賬戶 。

Xú xiǎojiě shì bu shì yě néng zài shǒujī shang shíshí liǎojiě
徐 小姐 ：是 不 是 也 能 在 手機 上 實時 瞭解

gǔpiào shìchǎng
股票 市場 ？

Huáng xiānsheng shǒujī shang gǔpiào xìnxī yǒu shíwǔ fēnzhōng de
黃 先生 ：手機 上 股票 信息 有 十五 分鐘 的

yánshí rúguǒ nǐ xiǎng kàndào shíshí gǔshì jiàgé
延時 ，如果 你 想 看到 實時 股市 價格

hé jiāoyìliàng xūyào fù niánfèi shēngjí nǐ de
和 交易量 ，需要 付 年費 ，升級 你 的

zhànghù dàn zhǐyào nǐ zhùcè le zhège
賬戶 。但 只要 你 註冊 了，這個 App

jiù huì miǎnfèi gěi nǐ tuīsòng yìxiē gǔshì xìnxī
就 會 免費 給 你 推送 一些 股市 信息 ，

ràng nǐ gèng hǎo de bǎwò gǔshì dòngxiàng
讓 你 更 好 地 把握 股市 動向 。

Xú xiǎojiě hái yǒu qítā gōngnéng ma
徐 小姐 ：還 有 其他 功能 嗎？

Huáng xiānsheng　hái yǒu hěn duō,　bǐfāngshuō jiāoyì jiàgé
黄　　先生　：還 有 很 多，　比方説 交易 價格

tíxǐng　zīchǎn fēnxī,　mónǐ jiāoyì shénme de,
提醒、資產 分析、模擬 交易 什麼 的，

dàn wǒ xiànzài yào gǎnzhe qù kāihuì,　huítóu gēn
但 我 現在 要 趕着 去 開會，回頭 跟

nǐ xì liáo
你 細 聊。

Xú xiǎojiě　　hǎo de,　hǎo de,　nà jiù bù dǎrǎo nǐ le,
徐 小姐　：好 的，好 的，那 就 不 打擾 你 了，

huítóu zánmen zài liáo
回頭 咱們 再 聊。

二、詞語 3-2

（一）課文詞語

指數 zhǐshù	基金 jījīn	更改 gēnggǎi
驗證碼 yànzhèngmǎ	閒置 xiánzhì	債券 zhàiquàn
購買 gòumǎi	傳統 chuántǒng	優點 yōudiǎn
規避 guībì	風險 fēngxiǎn	下跌 xiàdiē
震盪 zhèndàng	抗跌 kàngdiē	成分股 chéngfèngǔ
分散 fēnsàn	謹慎 jǐnshèn	畢竟 bìjìng
炒股 chǎogǔ	妙招 miàozhāo	綁定 bǎngdìng
雄厚 xiónghòu	收取 shōuqǔ	存入 cúnrù
提取 tíqǔ	匯率 huìlù	延時 yánshí
升級 shēngjí	動向 dòngxiàng	模擬 mónǐ

（二）補充詞語

持倉 chícāng　　　盈虧 yíngkuī　　　申贖 shēnshú

淨值 jìngzhí　　　私募 sīmù　　　　股東 gǔdōng

認購 rèngòu　　　沽空 gūkōng　　　對沖 duìchōng

建倉 jiàncāng　　　下單 xiàdān

三、粵普對照 🎧 3-3

粵	普
按金	押金 yājīn
除牌	摘牌 zhāipái
除淨日	除權日 chúquánrì
大閘蟹	套牢 tàoláo
核數	審計 shěnjì
行業	板塊 bǎnkuài
長揸	長期持有 chángqī chíyǒu
止蝕	止損 zhǐsǔn

四、練習

1. 討論時間。

　（1）如果你投資證券，你會投資哪種證券？為什麼？

　（2）購買一隻股票以前應該瞭解哪些信息？

　（3）對於新手來說，你建議他們應該買哪個板塊的股票？

2. 你為一位新顧客介紹一下你們公司新開發的證券投資手機 App 程序,勸説他使用這個 App 程序。

參考詞語:

註冊　開戶　綁定　模擬　延時　轉賬　兑換外幣
贖回

3. 用普通話説出下列句子。

(1) 預計美國出年加息,股市會比較波動,千祈唔好借孖展,唔係有乜依郁,隨時被斬倉。

(2) 股市未跌定,千祈唔好撈底,分分鐘會血本無歸。

(3) 有啲股票無啦啦被炒高,係有人搭棚造市,要小心上咗賊車呀!

(4) 今日唔知發生乜嘢事,呢隻股票突然畀人洗倉。

(5) 頭先啲科技股畀人挾淡倉,又升番上去喇。

4. 朗讀練習。

　　證券投資中有很多風險,比方説市場風險、行業風險、通貨膨脹風險等。對於工薪階層來説可以購買高、中、低風險類型不同的證券產品以降低投資的風險。大家還要記住在購買證券時一定要選擇那些有較好社會信譽和經濟效益的證券公司、基金公司或者銀行等金融機構,這樣可以保證你的投資萬無一失。

〈知識窗〉香港股票交易所 ——「金魚缸」

報載香港人到國外旅遊時，心裏老是惦記着家裏的「金魚缸」。是擔心金魚嗎？原來不是的。「金魚缸」是香港股票聯合交易所的俗稱。位於中環交易廣場的股票交易所，每天交投至少幾百億港幣，牽動着股民的心。交易所裏的交易大廳只有持有交易牌照的經紀人才可以進入。他們都穿着紅色的背心，在電腦前進行交易，或者來回走動進行交易。參觀者只能在樓上指定的區域內，透過玻璃向下看。那些穿着紅背心的人不停地來來回回走動，就像金魚缸裏的金魚在游來游去。這個「金魚缸」的比喻意義就是這樣來的。

第 4 課

jīnróng   shídài
5G 金融時代

掃碼聽錄音

一、課文 4-1

jīnróng shùzìhuà
（一）金融 數字化

Lú tàitai hé tā de línjū Chén jiàoshòu zài jiāotán
（盧 太太 和 她 的 鄰居 陳　教授 在 交談。）

Lú tàitai **盧 太太** ：	Chén jiàoshòu　nín shì jīngjì zhuānjiā　qián jǐ 陳　教授，您 是 經濟 專家。前 幾 tiān　wǒ kàn bàozhǐ shuō jiānglái jīnróng hángyè 天，我 看 報紙 説 將來 金融 行業 huì cháo shùzìhuà de fāngxiàng fāzhǎn　xiǎng 會 朝 數字化 的 方向 發展，想 qǐngjiào nín　jīnróng shùzìhuà　shì shénme 請教 您，「 金融 數字化 」 是 什麼 yìsi 意思？
Chén jiàoshòu **陳　教授** ：	suízhe kējì fāzhǎn　jīnróng yǔ kējì de rónghé 隨着 科技 發展，金融 與 科技 的 融合 yuèláiyuè shēnhuà　yóuqí shì zuìjìn jǐnián 越來越 深化，尤其 是 最近 幾年 5G wǎngluò jìshù de fāzhǎn　jīnróng hángyè yǔ 網絡 技術 的 發展，金融 行業 與 wǎngluò de guānxì yuèláiyuè mìqiè　yìxiē xiǎo'é 網絡 的 關係 越來越 密切，一些 小額 dàikuǎn bǎoxiǎn lǐcái zhīfù yèwù yǐjīng cóng 貸款、保險、理財、支付 業務 已經 從

shítǐ huòbì zhuǎnxiàngle wǎngluò shùzìhuà zhè
實體 貨幣 轉向了 網絡 數字化，這

jiùshì jīnróng shùzìhuà
就是「 金融 數字化 」。

盧太太 Lú tàitai：
ò míngbai le xiànzài niánqīngrén shǐyòng
哦， 明白 了， 現在 年輕人 使用

zhīfùbǎo fùkuǎn dōu kěyǐ suànshì
支付寶、PayMe 付款 都 可以 算是

jīnróng shùzìhuà ba
金融 數字化 吧？

陳教授 Chén jiàoshòu：
duì de zhèxiē dōu shì diànzǐ qiánbāo shì jīnróng
對 的，這些 都 是 電子 錢包 ，是 金融

shùzìhuà de yí gè fāngmiàn
數字化 的 一 個 方面 。

盧太太 Lú tàitai：
wǒ tīngshuō shǒujī shang yǒule zhèxiē diànzǐ
我 聽說 ，手機 上 有了 這些 電子

qiánbāo bànlǐ yínháng yèwù dōu bú yòng qīnzì
錢包 ，辦理 銀行 業務 都 不 用 親自

pǎo yínháng le zhǐyào dòngdong shǒuzhǐ jǐ
跑 銀行 了，只要 動動 手指 ，幾

miǎo zhōng yèwù jiù néng bànhǎo le
秒 鐘 ，業務 就 能 辦好 了。

陳教授 Chén jiàoshòu：
méicuò zhè shì jīnróng shùzìhuà diànzǐ zhīfù
沒錯 ，這 是 金融 數字化 電子 支付

dàilái de hǎochù yòu gāoxiào yòu biànjié
帶來 的 好處 ，又 高效 又 便捷 。

盧太太 Lú tàitai：
dàn wǒ yě tīngshuō zhèxiē diànzǐ qiánbāo bú tài
但 我 也 聽說 這些 電子 錢包 不 太

ānquán yǒushí qiánbāo li de qián huì búyì'érfēi
安全 ，有時 錢包 裏 的 錢 會 不翼而飛。

陳教授 Chén jiàoshòu：
shì de jīnróng shùzìhuà dàilái de shùjù xìnxī
是 的，金融 數字化 帶來 的 數據 信息

ānquán quèshí kěnéng cúnzài wèntí jīnróng
安全 確實 可能 存在 問題，金融

jiānguǎn jǐgòu yě yǐjīng zhùyì dào le   jiānguǎn
監管　機構 也 已經 注意 到 了，　監管

jīzhì wánshàn hòu zhèyàng de wèntí huì yuèláiyuè
機制　完善　後，　這樣　的 問題 會　越來越

shǎo
少 。

Lú tàitai　　　　　hái yǒu yí gè wèntí   jiùshì duì lǎorén láishuō
盧 太太　　：　還 有 一 個 問題，就 是 對 老人　來說，

bǎinòng zhèxiē dōngxi fēicháng kùnnán
擺弄　這些　東西　非常　困難 。

Chén jiàoshòu　　nǐ shuō de duì   jīnróng hángyè jiānglái háishi
陳　教授　：　你 說 得 對，金融　行業　將來　還是

xūyào gèng hǎo de lìyòng qūkuàiliàn   dàshùjù
需要 更　好 地 利用　區塊鏈 、大數據、

yúnjìsuàn děng xìnxī jìshù   búduàn zài shíjiàn
雲計算　等　信息 技術，　不斷 在　實踐

zhōng gǎishàn   wèi kèhù tígōng gèng gāo zhìliàng
中　改善，為 客戶 提供 更　高　質量

de fúwù
的 服務 。

Lú tàitai　　　　　tīng nín zhème yì shuō   wǒ yě xiǎng shìshi zhè
盧 太太　　：　聽 您 這麼 一 說，我 也　想　試試 這

zhǒng diànzǐ qiánbāo le   bùrán yǐhòu kěnéng lián
種　電子 錢包 了，不然 以後 可能　連

mǎi cài dōu chéng wèntí le
買 菜 都　成　問題 了。

Chén jiàoshòu　　dǎo méi zhème kuāzhāng   dàn xīn jìshù háishi
陳　教授　：　倒 沒 這麼　誇張，但 新 技術 還是

zhíde shì yi shì   jiùshì zhùyì bǎ mìmǎ shèzhì de
值得 試 一 試。就是 注意 把 密碼 設置 得

fùzá yǐnmì yìdiǎn
複雜 隱秘 一點 。

Lú tàitai　　　　　zhège wǒ jìde   nín shàng cì jiāo wǒ le   yào
盧 太太　　：　這個 我 記得，您 上　次 教 我 了，要

shèzhì yí gè shùzì jiā zìmǔ jiā fúhào de mìmǎ
設置 一 個 數字 加 字母 加 符號 的 密碼。

Chén jiàoshòu　　　hāhā　duì de　nǐ de jìnbù yě hěn kuài a
陳　教授 ： 哈哈，對 的，你 的 進步 也 很 快 啊。

(二) 電子 錢包
diànzǐ qiánbāo

Lú tàitai zàicì zhǎole línjū Chén jiàoshòu xúnwèn diànzǐ qiánbāo
（盧 太太 再次 找了 鄰居 陳 教授 詢問 電子 錢包

de wèntí
的 問題。）

Lú tàitai　　　　　Chén jiàoshòu　wǒ zuótiān xiǎng qù yínháng
盧 太太 ： 陳 教授，我 昨天 想 去 銀行

　　　　　　　　kāitōng shǒujī diànzǐ qiánbāo　dàn fāxiàn diànzǐ
　　　　　　　　開通 手機 電子 錢包 ，但 發現 電子

　　　　　　　　qiánbāo de zhǒnglèi hái bù shǎo　yínháng de
　　　　　　　　錢包 的 種類 還 不 少 ， 銀行 的

職員 給我解釋了半天，我還是不
zhíyuán gěi wǒ jiěshìle bàn tiān　wǒ háishi bù

知道 用 哪個 好，您 能 不 能 再 給
zhīdào yòng nǎge hǎo　nín néng bu néng zài gěi

我 補補 課？
wǒ bǔbu kè

Chén jiàoshòu
陳　教授　： 沒 問題！目前　香港　有 九 種 電子
méi wèntí　mùqián Xiānggǎng yǒu jiǔ zhǒng diànzǐ

錢包 ，可以 分為 基本、支付、綜合 三
qiánbāo　kěyǐ fēnwéi jīběn　zhīfù　zōnghé sān

大 類。
dà lèi

Lú tàitai
盧 太太　： 它們 之間 有 什麼 區別 嗎？
tāmen zhījiān yǒu shénme qūbié ma

Chén jiàoshòu
陳　教授　： 它們 的　功能　略 有 不 同 。基本
tāmen de gōngnéng lüè yǒu bù tóng　jīběn-

類 電子 錢包 的 主要　功能　包括
lèi diànzǐ qiánbāo de zhǔyào gōngnéng bāokuò

充值 、提款 和　轉賬 ，支付類 電子
chōngzhí tíkuǎn hé zhuǎnzhàng　zhīfùlèi diànzǐ

錢包 主要　強調 它的支付 功能 ，
qiánbāo zhǔyào qiángdiào tā de zhīfù gōngnéng

綁定　信用卡　或者　銀行　賬戶 後
bǎngdìng xìnyòngkǎ huòzhě yínháng zhànghù hòu

就可以在實體 或者 網 上 付款 了。
jiù kěyǐ zài shítǐ huòzhě wǎng shang fùkuǎn le

Lú tàitai
盧 太太　： 那 綜合類 電子 錢包 呢？
nà zōnghélèi diànzǐ qiánbāo ne

Chén jiàoshòu
陳　教授　： 綜合類 電子 錢包　囊括了 基本類
zōnghélèi diànzǐ qiánbāo nángkuòle jīběnlèi

和 支付類 電子 錢包 提供 的 所有
hé zhīfùlèi diànzǐ qiánbāo tígōng de suǒyǒu

功能 。
gōngnéng

Lú tàitai
盧 太太 : nín zhème yì jiǎng wǒ jiù fēicháng qīngchu le
您 這麼 一 講 我 就 非常 清楚 了。

búguò wǒ zěnme gěi diànzǐ qiánbāo li cúnqián
不過 我 怎麼 給 電子 錢包 裏 存錢？

rúguǒ qián huāwán le wǒ zěnme bàn
如果 錢 花完 了，我 怎麼 辦？

Chén jiàoshòu
陳 教授 : zhè jiùshì wǒmen gāngcái tídào de chōngzhí bù
這 就是 我們 剛才 提到 的 充值 。不

tóng de diànzǐ qiánbāo zhīchí bù tóng de chōngzhí
同 的 電子 錢包 支持 不 同 的 充值

fāngshì kàn nǐ yòng nǎ zhǒng diànzǐ qiánbāo
方式 ，看 你 用 哪 種 電子 錢包 。

zhǔyào de fāngshì dōu shì bǎngdìng yínháng
主要 的 方式 都 是 綁定 銀行

zhànghù xìnyòngkǎ huòzhě nǐ yě kěyǐ qù
賬戶 、 信用卡 ，或者 你 也 可以 去

běndì de yìxiē biànlìdiàn zhíjiē gěi diànzǐ qiánbāo
本地 的 一些 便利店 直接 給 電子 錢包

cúnrù xiànjīn
存入 現金 。

Lú tàitai
盧 太太 : Chén jiàoshòu jīntiān nín bù máng ba wǒ hái
陳 教授 ，今天 您 不 忙 吧？我 還

yǒu zuìhòu yí gè wèntí
有 最後 一 個 問題 。

Chén jiàoshòu
陳 教授 : bù máng jiùshì yíhuìr hái yào kāi gè huì nǐ
不 忙 ，就是 一會兒 還 要 開 個 會，你

shuō ba
説 吧。

Lú tàitai
盧 太太 : wǒ kàn xīnwén shuō xiànzài dōu liúxíng yòng diànzǐ
我 看 新聞 説 現在 都 流行 用 電子

qiánbāo sòng hóngbāo nà féngnián-guòjié de
錢包 送 紅包 ，那 逢年過節 的

shíhou wǒ néng bu néng yòng diànzǐ qiánbāo shōu
時候 我 能 不 能 用 電子 錢包 收

親戚 朋友 的 紅包 ，然後 再 從
qīnqi péngyou de hóngbāo　ránhòu zài cóng

電子 錢包 裏把 錢 拿 出來？
diànzǐ qiánbāo li bǎ qián ná chulai

Chén jiàoshòu
陳　教授： 這 當然 沒 問題，綜合類 的 電子
zhè dāngrán méi wèntí　zōnghélèi de diànzǐ

錢包 都 有 這個 功能 ，只要 你
qiánbāo dōu yǒu zhège gōngnéng　zhǐyào nǐ

綁定了 銀行卡 就 可以 提款 到 你 的
bǎngdìngle yínhángkǎ jiù kěyǐ tíkuǎn dào nǐ de

銀行卡 賬戶 ，不過 要 注意 的 是 提款
yínhángkǎ zhànghù　búguò yào zhùyì de shì tíkuǎn

和 紅包 轉賬 都 有 資金 額度 的
hé hóngbāo zhuǎnzhàng dōu yǒu zījǐn édù de

限制 。
xiànzhì

Lú tàitai
盧 太太 ： 您 要是 不 說 我 還 真 不 知道，具體 的
nín yàoshi bù shuō wǒ hái zhēn bù zhīdào　jùtǐ de

轉賬 和 提款 上限 您 知道 嗎？
zhuǎnzhàng hé tíkuǎn shàngxiàn nín zhīdào ma

Chén jiàoshòu
陳　教授： 具體 數額 我 就 記 不 清楚 了，你 申請
jùtǐ shù'é wǒ jiù jì bù qīngchu le　nǐ shēnqǐng

時 問問 銀行，他們 應該 會 很 清楚 。
shí wènwen yínháng　tāmen yīnggāi huì hěn qīngchu

Lú tàitai
盧 太太 ： 好 的，太 感謝 陳 教授 了，今天 又
hǎo de　tài gǎnxiè Chén jiàoshòu le　jīntiān yòu

學了 不 少，回頭 約 您 飲茶，您 快
xuéle bù shǎo　huítóu yuē nín yǐnchá　nín kuài

忙 吧，不 打擾 了。
máng ba　bù dǎrǎo le

Chén jiàoshòu
陳　教授： 別 客氣，盧 太太， 咱們 街坊 鄰里 的，
bié kèqi　Lú tàitai　zánmen jiēfang línlǐ de

有 什麼 事情 隨時 聯繫。
yǒu shénme shìqing suíshí liánxì

二、詞語 🎧 4-2

（一）課文詞語

金融 jīnróng	行業 hángyè	發展 fāzhǎn
科技 kējì	融合 rónghé	密切 mìqiè
小額 xiǎo'é	網絡 wǎngluò	支付寶 zhīfùbǎo
動動手 dòngdong shǒu	高效 gāoxiào	便捷 biànjié
數據 shùjù	確實 quèshí	監管 jiānguǎn
機制 jīzhì	完善 wánshàn	擺弄 bǎinòng
區塊鏈 qūkuàiliàn	設置 shèzhì	符號 fúhào
大數據 dàshùjù	補課 bǔkè	區別 qūbié
雲計算 yúnjìsuàn	充值 chōngzhí	提款 tíkuǎn
支持 zhīchí	親戚 qīnqi	限制 xiànzhì
不翼而飛 búyì'érfēi		

（二）補充詞語

二維碼 èrwéimǎ	掃碼 sǎomǎ	卡包 kǎbāo
設置 shèzhì	朋友圈 péngyouquān	利息 lìxī
掃一掃 sǎo yi sǎo	賬單 zhàngdān	
登錄 dēnglù	添加 tiānjiā	

三、粵普對照 ⏺4-3

粵	普
增值	充值 chōngzhí
影印	複印 fùyìn
攞住	拿 ná
嗰邊	那邊 nàbiān
文 / 蚊	塊錢 kuài qián
等一陣	等一會兒 děng yíhuìr

四、練習

1. 討論時間：

（1）你認為 5G 技術會如何改變我們的生活？

（2）你有沒有電子錢包？你覺得電子錢包有哪些好處？

（3）哪些人不適合用電子錢包？實體貨幣會消失嗎？

2. 回答問題：

你認為 5G 技術對下面哪些行業有重大的影響？為什麼？

醫療	教育	金融	娛樂
科技	汽車	服裝	家居
建築	運輸	餐飲	藝術

3. 用普通話說出下列句子。

（1）今日係禮拜六，櫃枱唔收支票㗎，你可以將支票擺喺呢個箱。

（2）你哋嘅服務態度真係好。

（3）呢部櫃員機用唔用到我張卡？

4. 朗讀練習。

作為大灣區的中心城市之一，香港在國際金融、商貿、航空運輸、創新科技等方面具有獨特的優勢。背靠祖國，落實《十四五規劃綱要》，融入國家發展的大局進程中，對香港來說是千載難逢的機遇，香港要牢牢抓住這個機遇，不斷提升香港的競爭優勢，在香港全社會的努力下，香港一定可以再創輝煌，東方之珠將會更加閃耀。

〈知識窗〉虛擬銀行

虛擬銀行是指通過數碼方式提供銀行服務的網上銀行，所有銀行服務都可在網上辦理，不設實體分行。客人可以通過虛擬銀行的手機應用程序或者網站辦理開戶、存款、貸款等銀行業務，與傳統銀行相比，虛擬銀行更注重顧客為先，利用創新科技和較低成本為客人提供更優質的服務。雖然虛擬銀行存在於網絡中，但仍然需要金管局的監管。例如，金管局要求所有虛擬銀行不得設立最低賬戶餘額要求或向餘額少的賬戶收費，這樣的措施使得傳統銀行取消多種賬戶服務費，讓顧客受益。隨着虛擬銀行的發展，客人在銀行排隊辦理業務的時代可能將不復存在，顧客將會有更大的選擇權，享受更好的銀行服務。

第 5 課

<ruby>保險<rt>bǎoxiǎn</rt></ruby> <ruby>服務<rt>fúwù</rt></ruby>

掃碼聽錄音

一、課文 5-1

（一） <ruby>醫療<rt>yīliáo</rt></ruby> <ruby>保險<rt>bǎoxiǎn</rt></ruby> <ruby>投保<rt>tóubǎo</rt></ruby>

（<ruby>保險<rt>bǎoxiǎn</rt></ruby> <ruby>公司<rt>gōngsī</rt></ruby> <ruby>職員<rt>zhíyuán</rt></ruby> <ruby>為<rt>wèi</rt></ruby> <ruby>鍾<rt>Zhōng</rt></ruby> <ruby>先生<rt>xiānsheng</rt></ruby> <ruby>介紹<rt>jièshào</rt></ruby> <ruby>醫療<rt>yīliáo</rt></ruby> <ruby>保險<rt>bǎoxiǎn</rt></ruby> <ruby>計劃<rt>jìhuà</rt></ruby>。）

公司 職員： <ruby>鍾<rt>Zhōng</rt></ruby> <ruby>先生<rt>xiānsheng</rt></ruby>，<ruby>多謝<rt>duōxiè</rt></ruby> <ruby>你<rt>nǐ</rt></ruby> <ruby>在<rt>zài</rt></ruby> <ruby>百忙<rt>bǎimáng</rt></ruby> <ruby>之中<rt>zhīzhōng</rt></ruby> <ruby>抽出<rt>chōuchū</rt></ruby> <ruby>時間<rt>shíjiān</rt></ruby> <ruby>讓<rt>ràng</rt></ruby> <ruby>我<rt>wǒ</rt></ruby> <ruby>介紹<rt>jièshào</rt></ruby> <ruby>我們<rt>wǒmen</rt></ruby> <ruby>的<rt>de</rt></ruby> <ruby>產品<rt>chǎnpǐn</rt></ruby>。

鍾 先生： <ruby>太<rt>tài</rt></ruby> <ruby>客氣<rt>kèqi</rt></ruby> <ruby>了<rt>le</rt></ruby>！<ruby>你<rt>nǐ</rt></ruby> <ruby>這<rt>zhè</rt></ruby> <ruby>不是<rt>bú shì</rt></ruby> <ruby>也<rt>yě</rt></ruby> <ruby>花了<rt>huāle</rt></ruby> <ruby>很<rt>hěn</rt></ruby> <ruby>多<rt>duō</rt></ruby> <ruby>時間<rt>shíjiān</rt></ruby> <ruby>幫<rt>bāng</rt></ruby> <ruby>我<rt>wǒ</rt></ruby> <ruby>做<rt>zuò</rt></ruby> <ruby>計劃<rt>jìhuà</rt></ruby> <ruby>嘛<rt>ma</rt></ruby>。

公司 職員： <ruby>那<rt>nà</rt></ruby> <ruby>我<rt>wǒ</rt></ruby> <ruby>就<rt>jiù</rt></ruby> <ruby>根據<rt>gēnjù</rt></ruby> <ruby>你<rt>nǐ</rt></ruby> <ruby>的<rt>de</rt></ruby> <ruby>財務<rt>cáiwù</rt></ruby> <ruby>狀況<rt>zhuàngkuàng</rt></ruby> <ruby>介紹<rt>jièshào</rt></ruby> <ruby>兩<rt>liǎng</rt></ruby> <ruby>種<rt>zhǒng</rt></ruby> <ruby>適合<rt>shìhé</rt></ruby> <ruby>你<rt>nǐ</rt></ruby> <ruby>的<rt>de</rt></ruby> <ruby>醫療<rt>yīliáo</rt></ruby> <ruby>保險<rt>bǎoxiǎn</rt></ruby> <ruby>產品<rt>chǎnpǐn</rt></ruby>。

鍾 先生： <ruby>好<rt>hǎo</rt></ruby> <ruby>的<rt>de</rt></ruby>，<ruby>謝謝<rt>xièxie</rt></ruby>！

公司 職員： <ruby>根據<rt>gēnjù</rt></ruby> <ruby>你<rt>nǐ</rt></ruby> <ruby>的<rt>de</rt></ruby> <ruby>個人<rt>gèrén</rt></ruby> <ruby>資產<rt>zīchǎn</rt></ruby> <ruby>配置<rt>pèizhì</rt></ruby> <ruby>情況<rt>qíngkuàng</rt></ruby>，

wǒmen zuòle　　　liǎng gè bù tóng de yīliáo
我們　做了 A、B 兩　個 不　同　的 醫療

jìhuà　　zhè liǎng gè jìhuà gèyǒu-suǒcháng
計劃，這　兩　個 計劃　各有所長　　。

Zhōng xiānsheng　　nà nǐ néng bu néng fēnbié gěi wǒ jièshào yíxià
鍾　　先生　：那 你 能 不 能　分別 給 我 介紹 一下

jùtǐ de nèiróng
具體 的　內容 ？

gōngsī zhíyuán　　hǎo de　　jìhuà shì chǔxùxíng de yīliáo
公司　職員　：好 的。A 計劃 是　儲蓄型 的 醫療

bǎozhàng jìhuà　zhège jìhuà búdàn kěyǐ wèi
保障　計劃，這個 計劃 不但 可以 為

shēnqǐngzhě zhīfù shēn huàn zhòngbìng shí de
申請者　支付 身　患　重病　時 的

gāo'áng bǎofèi　yě kěyǐ wéi tā tuìxiū shēnghuó
高昂　保費，也 可以 為 他 退休　生活

jīzǎn yì bǐ yǎnglǎojīn
積攢 一 筆 養老金 。

Zhōng xiānsheng　　tīng qilai búcuò　nà　jìhuà shì shénme yàng
鍾　　先生　：聽 起來 不錯，那 B 計劃 是 什麼　樣

de ne
的 呢 ？

公司 職員：B 計劃是 消費型 的醫療 保障 計劃，
也 就是 說 交 出去 的 保費 沒法
收回 ，是一次性 消費 ，不過 這個 計劃
的 優點 是保費 比較 低。

鍾 先生：我 覺得 還是 A 計劃 比較 划算 ，不但
有醫療 保障 ，而且 可以 收取 利息，
可謂 是「 一箭雙雕 」啊！

公司 職員：哈哈，對 的，我們 很 多 客人 買 的
都 是 這個 計劃。

鍾 先生：那 我 怎麼 申請 呢？

公司 職員：你 先 填 一下 這 張 健康 申報表 ，
然後 在 這些 文件 上 簽名 ，
之後 提供 身份證 和 住址 證明
副本 給我 就 可以 了。

鍾 先生：那 保費 的 數額 是 多少 呢？

公司 職員：根據 你 的 財務 狀況 ，我 建議 你
投保 這個 二十萬 的 保單 ，每年 的

bǎofèi shì liǎngwàn kuài zuǒyòu
保費 是 兩萬 塊 左右 。

Zhōng xiānsheng
鍾　先生 ： zhège bǎodān shù'é héshì　duì wǒ láishuō
這個 保單 數額 合適 ，對 我 來説

méiyǒu shénme yālì　 nà jiù zhè fèn èrshíwàn de
沒有 什麼 壓力 。那 就 這 份 二十萬 的

bǎodān ba　wǒ zěnme zhīfù bǎofèi
保單 吧 ，我 怎麼 支付 保費 ？

gōngsī zhíyuán
公司 職員 ： nǐ kěyǐ shuākǎ huòzhě shǐyòng zhuǎishùkuài
你 可以 刷卡 或者 使用 轉數快 。

Zhōng xiānsheng
鍾　先生 ： hǎo de　nà máfan nǐ zuòhǎo bǎodān hòu gěi
好 的 ，那 麻煩 你 做好 保單 後 給

wǒ dǎ diànhuà　wǒ jiù zhǔnbèi jiǎonà dì-yī qī
我 打 電話 ，我 就 準備 繳納 第一 期

bǎofèi le
保費 了 。

yīliáo bǎoxiǎn lǐpéi
（二） 醫療 保險 理賠

Zhōng xiānsheng gěi bǎoxiǎn gōngsī dǎ diànhuà xúnwèn bǎoxiǎn
（ 鍾　先生 給 保險 公司 打 電話 詢問 保險

lǐpéi de chéngxù
理賠 的 程序 。）

Zhōng xiānsheng
鍾　先生 ： wèi　shì　　ma　wǒ shì Zhōng Xuéqín a　wǒ
喂 ，是 Jenny 嗎 ？我 是 鍾學勤 啊 ，我

xiǎng wènwen yǒuguān bǎoxiǎn lǐpéi de wèntí
想 問問 有關 保險 理賠 的 問題 。

gōngsī zhíyuán
公司 職員 ： Zhōng xiānsheng nǐhǎo yǒu shénme wèntí
鍾　先生 ，你好 。有 什麼 問題 ，

nǐ shuō
你 説 。

Zhōng xiānsheng
鍾　先生 ： wǒ péngyou shuō bǎoxiǎn lǐpéi guòchéng
我 朋友 説 保險 理賠 過程

相當　麻煩，那我的　保單　的理賠
xiāngdāng máfan　nà wǒ de bǎodān de lǐpéi

程序　是不是也很　麻煩？
chéngxù shì bu shì yě hěn máfan

公司　職員：鍾　先生，你別　擔心，我們　公司　的
gōngsī zhíyuán　Zhōng xiānsheng　nǐ bié dānxīn　wǒmen gōngsī de

合同　上　有理賠　承諾，理賠　程序
hétong shang yǒu lǐpéi chéngnuò　lǐpéi chéngxù

簡單、便捷，手續一點兒也不繁瑣。
jiǎndān biànjié　shǒuxù yìdiǎnr yě bù fánsuǒ

鍾　先生：那你能不能給我簡單　介紹一下
Zhōng xiānsheng　nà nǐ néng bu néng gěi wǒ jiǎndān jièshào yíxià

理賠的　程序？
lǐpéi de chéngxù

公司　職員：好的，在理賠的　過程　中有三
gōngsī zhíyuán　hǎo de　zài lǐpéi de guòchéng zhōng yǒu sān

種　方式　選擇：第一　種，可以登
zhǒng fāngshì xuǎnzé　dì-yī zhǒng　kěyǐ dēng-

入自己的　保險　賬戶，從　網　上
rù zìjǐ de bǎoxiǎn zhànghù　cóng wǎng shang

遞交　材料　申請　理賠；第二　種，
dìjiāo cáiliào shēnqǐng lǐpéi　dì-èr zhǒng

直接　聯繫我，我會　幫你提交　表格、
zhíjiē liánxì wǒ　wǒ huì bāng nǐ tíjiāo biǎogé

跟進理賠　進度；第三　種，也可以
gēnjìn lǐpéi jìndù　dì-sān zhǒng　yě kěyǐ

將　填好的　理賠　申請書　及有關
jiāng tiánhǎo de lǐpéi shēnqǐngshū jí yǒuguān

文件　郵寄給我們，或者你親自來
wénjiàn yóujì gěi wǒmen　huòzhě nǐ qīnzì lái

我們　公司　遞交　到客戶服務　中心。
wǒmen gōngsī dìjiāo dào kèhù fúwù zhōngxīn

鍾　先生：如果　從　網　上　申請，我需要
Zhōng xiānsheng　rúguǒ cóng wǎng shang shēnqǐng　wǒ xūyào

　　　　　　　　　　tíjiāo nǎxiē cáiliào
　　　　　　　　　　提交 哪些 材料 ？

gōngsī zhíyuán　　xūyào tíjiāo lǐpéi shēnqǐngshū hé zhǔzhì yīshēng
公司 職員 ：　　需要 提交 理賠 申請書 和 主治 醫生

　　　　　　　　　　tiánxiě de zhěnduànshū　　zhè fèn zhěnduànshū
　　　　　　　　　　填寫 的 診斷書 ， 這 份 診斷書

　　　　　　　　　　xūyào yīshēng qiānmíng bìng jiāgài yīyuàn
　　　　　　　　　　需要 醫生 簽名 並 加蓋 醫院

　　　　　　　　　　gōngzhāng
　　　　　　　　　　公章 。

Zhōng xiānsheng　　xūyào yīyuàn de shōufèi dānjù ma
鍾 先生 ：　　需要 醫院 的 收費 單據 嗎 ？

gōngsī zhíyuán　　nǐ shēngòu de shì zhòngjí yīliáo bǎoxiǎn　　zhǐyào
公司 職員 ：　　你 申購 的 是 重疾 醫療 保險 ， 只要

　　　　　　　　　　zhěnduàn jiéguǒ zài bǎodān bǎozhàng fànwéi
　　　　　　　　　　診斷 結果 在 保單 保障 範圍

　　　　　　　　　　nèi　　jiù bù xūyào yīyuàn de dānjù　　wǒmen huì
　　　　　　　　　　內 ， 就 不 需要 醫院 的 單據 。 我們 會

　　　　　　　　　　ànzhào hétong guīdìng zhíjiē péicháng
　　　　　　　　　　按照 合同 規定 直接 賠償 。

Zhōng xiānsheng　　nà nǐmen lǐpéi de kuǎnxiàng zěnme gěi wǒ
鍾 先生 ：　　那 你們 理賠 的 款項 怎麼 給 我 ？

gōngsī zhíyuán　　wǒmen kěyǐ zhuǎnzhàng dào nǐ zhǐdìng de
公司 職員 ：　　我們 可以 轉賬 到 你 指定 的

　　　　　　　　　　zhànghù huòzhě kāi zhīpiào gěi nǐ　　jīngguò
　　　　　　　　　　賬戶 或者 開 支票 給 你 ， 經過

　　　　　　　　　　hézhǔn hòu　　yì zhōu nèi jiù kěyǐ shōudào lǐpéi
　　　　　　　　　　核准 後 ， 一 週 內 就 可以 收到 理賠

　　　　　　　　　　kuǎnxiàng le
　　　　　　　　　　款項 了 。

Zhōng xiānsheng　　nà wǒ míngbai le　　xiànzài fàngxīn le
鍾 先生 ：　　那 我 明白 了 ， 現在 放心 了 。

gōngsī zhíyuán　　Zhōng xiānsheng　　fàngxīn ba　　chéngnuò
公司 職員 ：　　鍾 先生 ， 放心 吧 ！ 承諾

　　　　　　hé xìnyù duì wǒmen gōngsī láishuō shì fēicháng
　　　　　　和　信譽　對　我們　公司　來說　是　非常

　　　　　　zhòngyào de　 wǒmen huì tígōng gēn gòumǎi
　　　　　　重要　的，我們　會　提供　跟　購買

　　　　　　bǎodān shí yíyàng yōuzhì de fúwù
　　　　　　保單　時　一樣　優質　的　服務。

Zhōng xiānsheng　　wǒ xiāngxìn nǐmen　xièxie le
　鍾　　先生　：我　相信　你們，謝謝　了。

二、詞語 🎧5-2

（一）課文詞語

醫療 yīliáo	高昂 gāo'áng	資產配置 zīchǎn pèizhì
積攢 jīzǎn	保障 bǎozhàng	儲蓄型 chǔxùxíng
簽名 qiānmíng	養老金 yǎnglǎojīn	壓力 yālì
繳納 jiǎonà	申報表 shēnbàobiǎo	理賠 lǐpéi
程序 chéngxù	繁瑣 fánsuǒ	登入 dēngrù
跟進 gēnjìn	診斷書 zhěnduànshū	重疾 zhòngjí
賠償 péicháng	信譽 xìnyù	

（二）補充詞語

退保 tuìbǎo	保額 bǎo'é	附加險 fùjiāxiǎn
紅利 hónglì	冷靜期 lěngjìngqī	投保人 tóubǎorén
豁免 huòmiǎn	受益人 shòuyìrén	人壽險 rénshòuxiǎn
明細 míngxì		

三、粵普對照 🎧 5-3

粵	普
斬倉	被迫拋售 bèipò pāoshòu
下晝	下午 xiàwǔ
出年	明年 míngnián
第二時	改天 gǎitiān
定係	還是 háishi
毫	角 jiǎo
仙	分 fēn

四、練習

1. 討論時間：

（1）你認為在香港需要購買醫療保險嗎？為什麼？

（2）能不能介紹幾種你熟悉的醫療保險？

（3）在香港申請理賠的過程繁瑣嗎？

2. 兩人一組，一人扮演保險公司職員，一人扮演顧客。請職員向這位顧客介紹你們公司的投資型重疾醫療保險，並勸說客人購買。

參考詞語：

產品　儲蓄　養老金　保障　高昂　拖累　安心
天有不測風雲

3. 用普通話說出下列句子。

（1）請你哋嚟交埋啲尾數，到時我哋會通知你哋攞保單。

（2）唔該填呢份表，另外畀個身份證我影印下。

（3）你宜家去嗰邊櫃枱辦理就得㗎嘞。

4. 朗讀練習。

　　在香港生活，如果你的經濟狀況不錯，可以考慮購買醫療保險。雖然香港的公共醫療體系不錯，但通常去公立醫院看病要等很長時間，如果不是急重症，可能需要等幾個月甚至幾年。如果你購買了醫療保險，就會多一種選擇，去條件和環境相對較好的私立醫院，等待看病的時間和週期會大大縮短。

〈知識窗〉龐氏騙局

　　龐氏騙局（Ponzi scheme）是一種金字塔式的金融騙局。通常以虛假的投資項目作為招徠，把後來投資者的資金，支付給前期投資者作利潤，製造高利潤回報的假象，以誘使更多投資者入局。但如果資金鏈一旦斷裂，新投資便無以為繼，整個騙局就會土崩瓦解。此詞因意大利金融騙徒龐齊（Charles Ponzi）而得名。香港也出現過不少類似的案件，比如說「牛奶種金案」「普達國際郵購公司種金案」「日本公司 Japan Life 健康產品案」等。因此大家在投資時切忌貪圖小便宜，以免最後血本無歸。

wǎngluò tōngxùn
網絡 通訊

一、課文 🎧 6-1

Yuè-Gǎng-Ào Dàwānqū diànhuà fúwù tàocān
（一） 粵港澳　大灣區　電話　服務 套餐

Shī xiānsheng qù diànxùn gōngsī dǎsuàn bàn yì zhāng diànhuàkǎ
（施　先生　去　電訊　公司 打算　辦 一　張　 電話卡 。）

gōngsī zhíyuán　 nǐhǎo　 yào bànlǐ shénme yèwù
公司 職員：你好，要　辦理　什麼　業務？

Shī xiānsheng　 wǒ xiǎng bàn yì zhāng diànhuàkǎ
施　先生　：我　想　辦 一　張　 電話卡 。

gōngsī zhíyuán　 nǐ zhǐ zài Xiānggǎng shǐyòng ma
公司 職員：你 只 在　香港　 使用　嗎？

Shī xiānsheng　 bú shì　 wǒ yě chángcháng zài Àomén hé nèidì
施　先生　：不 是，我 也　常常　 在　澳門 和 內地
yòng
用 。

gōngsī zhíyuán　 nà wǒ gěi nǐ tuījiàn zhège Dàwānqū fúwù tàocān
公司 職員：那 我 給 你 推薦　這個　大灣區 服務　套餐 。

Shī xiānsheng　 zhège tàocān de yuèfèi shì duōshao
施　先生　：這個　套餐 的 月費 是　多少　？

gōngsī zhíyuán　 yōuhuì zhīhòu měi gè yuè　 kuài　 yǒu
公司 職員：優惠　之後　每 個 月 108 塊，有 2000

fēnzhōng de Xiānggǎng běndì miǎnfèi tōnghuà
分鐘 的 香港 本地 免費 通話
shíjiān
時間。

施 先生 Shī xiānsheng：那 如果 超過 2000 分鐘 後 怎麼
nà rúguǒ chāoguò fēnzhōng hòu zěnme
shōufèi
收費？

公司 職員 gōngsī zhíyuán：超過 2000 分鐘 後 的 收費 是 每
chāoguò fēnzhōng hòu de shōufèi shì měi
fēnzhōng máo
分鐘 2 毛。

施 先生 Shī xiānsheng：澳門 和 內地 打 電話 怎麼 收費？
Àomén hé nèidì dǎ diànhuà zěnme shōufèi

公司 職員 gōngsī zhíyuán：接聽 電話 免費，撥打 電話 每 分鐘
jiētīng diànhuà miǎnfèi bōdǎ diànhuà měi fēnzhōng
máo nǐ yě kěyǐ gòumǎi Dàwānqū tōnghuà
6 毛 5。你 也 可以 購買 大灣區 通話
zǔhé kuài qián yǒu fēnzhōng de tōnghuà
組合，48 塊 錢 有 100 分鐘 的 通話
shíjiān gèng huásuàn
時間，更 划算。

施 先生 Shī xiānsheng：這 張 電話卡 是 不是 一 卡 多 號兒？
zhè zhāng diànhuàkǎ shì bu shì yì kǎ duō hàor

公司 職員 gōngsī zhíyuán：對 的，在 香港 是 香港 的 電話
duì de zài Xiānggǎng shì Xiānggǎng de diànhuà
hàomǎ zài nèidì hé Àomén shì dāngdì de diànhuà
號碼，在 內地 和 澳門 是 當地 的 電話
hàomǎ
號碼。

施 先生 Shī xiānsheng：這個 套餐 每 個 月 上網 的 流量 有
zhège tàocān měi gè yuè shàngwǎng de liúliàng yǒu

duōshao
多少？

公司 職員 (gōngsī zhíyuán)：每個月有 10 GB 的網絡流量，看視頻，刷微博什麼的都很快。

施 先生 (Shī xiānsheng)：那如果超了 10 GB 流量以後呢？

公司 職員 (gōngsī zhíyuán)：如果超過了 10 GB，網速就會回到 128 KB，比較慢，只能看看普通的網頁。想要恢復到原來的速度就需要額外購買流量，每 0.5GB 30 塊。

施 先生 (Shī xiānsheng)：好的，這個套餐的合約有多長時間？

公司 職員 (gōngsī zhíyuán)：這個合約有 24 個月。最近我們的優惠力度很大，你今天申請，我還送你 500 塊超市優惠券。

施 先生 (Shī xiānsheng)：謝謝，我再看看其他家，對比一下。

公司 職員 (gōngsī zhíyuán)：也好，希望你一會兒回來找我啊，我姓詹，這是我的名片。

jiājū guāngxiān kuāndài ānzhuāng
（二）家居 光纖 寬帶 安裝

Léi nǚshì dǎsuàn zài diànxùn gōngsī bàn yí gè kuāndài yèwù
（雷女士 打算 在 電訊 公司 辦 一 個 寬帶 業務。）

Léi nǚshì　　　　nǐhǎo wǒ xiǎng gěi jiāli zhuāng gè kuāndài yǒu
雷女士　　：你好，我 想 給 家裏 裝 個 寬帶 ，有

shénme tuījiàn ma
什麼 推薦 嗎？

gōngsī zhíyuán　xiànzài wǒmen yǒu zhège　　　　 de jísù kuāndài
公司 職員：現在 我們 有 這個 1000M 的 極速 寬帶

fúwù　měi gè yuè zhǐ xūyào　　kuài　ér yìxiē tè
服務，每 個 月 只 需要 118 塊 ，而 一些 特

xuǎn dìqū zhǐyào　　kuài
選 地區 只要 78 塊 。

Léi nǚshì　　　zhège kuāndài de héyuē shì duō cháng shíjiān　wǒ
雷女士　：這個 寬帶 的 合約 是 多 長 時間 ？我

xiǎng zhǎo gè yì nián qīxiàn de
想 找 個 一 年 期限 的。

公司 職員：這個是24個月的。一年的寬帶我們也有，218塊一個月，但數據盒、網線什麼的都要額外收費，雜七雜八的算下來不如24個月的。

雷女士：那安裝網絡收費嗎？

公司 職員：不收費，到時候安裝人員會提前跟你聯繫。

雷女士：網絡安裝後可以看電視嗎？

公司 職員：可以，我們也會送你一個網絡機頂盒，跟電視連接就可以看節目了。你需要安裝家庭電話嗎？月費只需28塊，包括來電顯示、來電待接、電話會議等功能。

雷女士：家庭電話我就不需要了，我平時只是上上網。那家裏可以使用Wi-Fi嗎？

公司 職員：不行，除非你升級成這個148塊

de kuāndài　wǒmen huì sòng nǐ yí gè lùyóuqì
的　寬帶，我們　會　送　你　一　個　路由器，

yàome nǐ　zìjǐ　mǎi yí gè　lùyóuqì　jiù kěyǐ
要麼　你　自己　買　一　個　路由器，就　可以

shǐyòng　　　le
使用　Wi-Fi 了。

Léi nǚshì　　　nà yàoshi wǒ bānjiā le　zhège wǎngluò zěnme
雷 女士　：那　要是　我　搬家　了，這個　網絡　怎麼

bàn
辦？

gōngsī zhíyuán　nǐ tíqián　bōdǎ　wǒmen de　fúwù　rèxiàn
公司　職員：你　提前　撥打　我們　的　服務　熱線，

bànlǐ bānqiān yèwù　dàn huì shōuqǔ　　kuài de
辦理　搬遷　業務，但　會　收取　400　塊　的

wǎngluò ānzhuāngfèi
網絡　安裝費。

Léi nǚshì　　　nà nǐ bāng wǒ chácha wǒ de dìzhǐ kuāndàifèi měi
雷 女士　：那　你　幫　我　查查　我　的　地址　寬帶費　每

gè yuè duōshao qián
個月　多少　錢？

gōngsī zhíyuán　hǎo de　shuō yíxià nǐ de dìzhǐ
公司　職員：好　的，說　一下　你　的　地址。

Léi nǚshì　　　Jiānshāzǔ Mídūndào　　hào　lóu　hào
雷 女士　：尖沙咀　彌敦道　888　號　18　樓　8　號。

gōngsī zhíyuán　wǒ chá yíxià　ò　nǐ zhù de dìfang měi gè yuè zhǐ
公司　職員：我　查　一下。哦，你　住　的　地方　每個　月　只

xūyào　　kuài　hěn huásuàn
需要　78　塊，很　划算。

Léi nǚshì　　　nà wǒ jiù shì yi shì zhège wǎngluò　zhège wǎngsù
雷 女士　：那　我　就　試　一　試　這個　網絡，這個　網速

kāi wǎngluò huìyì méi wèntí ba
開　網絡　會議　沒　問題　吧？

gōngsī zhíyuán　juéduì méi wèntí　yòu liúchàng yòu wěndìng
公司　職員：絕對　沒　問題，又　流暢　又　穩定。

Léi nǚshì
雷 女士 ：行，還 有 什麼 優惠 嗎？
xíng　hái yǒu shénme yōuhuì ma

gōngsī zhíyuán
公司 職員 ：如果 你 的 手機 服務 也 是 我們 公司 的，
rúguǒ nǐ de shǒujī fúwù yě shì wǒmen gōngsī de

還 可以 優惠 200 塊。
hái kěyǐ yōuhuì　　kuài

Léi nǚshì
雷 女士 ：我 是 你們 公司 的 老 客戶 了，那 你 就
wǒ shì nǐmen gōngsī de lǎo kèhù le　nà nǐ jiù

快 幫 我 登記 吧！
kuài bāng wǒ dēngjì ba

二、詞語 🎧6-2

（一）課文詞語

推薦 tuījiàn　　　　　套餐 tàocān　　　　　撥打 bōdǎ

划算 huásuàn　　　　流量 liúliàng　　　　視頻 shìpín

網速 wǎngsù　　　　恢復 huīfù　　　　　額外 éwài

光纖寬帶 guāngxiān kuāndài　　　　　　期限 qīxiàn

數據盒 shùjùhé　　　雜七雜八 záqīzábā　網線 wǎngxiàn

安裝 ānzhuāng　　　機頂盒 jīdǐnghé　　搬遷 bānqiān

路由器 lùyóuqì　　　流暢 liúchàng

（二）補充詞語

欠費 qiànfèi　　　　停機 tíngjī　　　　打不通 dǎ bu tōng

斷網 duànwǎng　　　收款人 shōukuǎnrén　網速卡 wǎngsùkǎ

重啟 chóngqǐ　　　　網頁 wǎngyè　　　　鏈接 liànjiē

防火牆 fánghuǒqiáng　藍牙 lányá　　　　網線 wǎngxiàn

三、粵普對照 🎧 6-3

粵	普
大孖沙	巨額投資的富翁 jù'é tóuzī de fùwēng
孖展	保證金 bǎozhèngjīn
大耳窿	高利貸 gāolìdài
穩陣	穩妥 wěntuǒ
尾數	餘款 yúkuǎn
人工	工資 gōngzī

四、練習

1. 討論時間：

　　(1) 你用的是什麼電話套餐服務？你覺得合算嗎？

　　(2) 你會給內地朋友推薦哪家電訊公司的網絡，為什麼？

　　(3) 現代人的生活越來越離不開網絡了，你同意嗎？

2. 兩人一組，一人扮演網絡公司職員，一人扮演顧客。顧客是從內地來香港讀書的學生，他想在剛租的房子裏安裝網絡寬帶，請給他推薦選一個合適的電話套餐。

參考詞語：

推薦　流量　網速　合約　撥打　划算　適合　流暢
收費

3. 用普通話説出下列句子。

(1) 請過嚟呢邊啦。

(2) 唔該喺嗰邊等一陣，我會叫你㗎嘞。

(3) 係去邊個櫃枱至啱呀？

4. 朗讀練習。

　　隨着社會的發展和生活環境的影響，網絡辦公正在成為一種常態。它改變了人們的工作、生活方式。網絡遠程辦公允許員工在任何地方工作，因此越來越多的員工更換了自己的住所，搬到更加舒適的地方生活。對於僱主來說，沒有了地域的限制，這讓他們有機會接觸到更廣泛的人才，但同時網絡辦公也讓企業文化難以發展和實現，讓員工之間的距離越來越遠。網絡辦公是一把雙刃劍，我們應該加以善用，讓它為我們創造出更多的價值和機遇。

〈知識窗〉香港的電話卡

　　香港的電話卡有兩種方式，「上台」和使用儲值卡。其實「上台」的意思就是和電訊運營商簽訂月費套餐的合約，通常合約都是 12 個月或者 24 個月的。簽約後就需要在合約期內繳付相應的月費，如果離開香港時合約還沒結束，不繳費，就是違約，會有法律的風險。儲值卡在香港各個便利店就能買到，沒有話費和網絡流量套餐，打電話和上網都是按照分鐘計算的，用完了就再充錢，適用於在香港短期旅遊、訪問的人士。

掃碼聽錄音

第 7 課　提防詐騙信息
dīfang zhàpiàn xìnxī

一、課文 🎧7-1

（一）提防假冒銀行手機短信詐騙案
dīfang jiǎmào yínháng shǒujī duǎnxìn zhàpiàn'àn

Ruǎn xiānsheng hé Xú tàitai zài lóu xià liáotiānr
（阮先生和徐太太在樓下聊天兒）

阮先生　Ruǎn xiānsheng
：徐太太，你幫我看看，為什麼這個
　Xú tàitai　nǐ bāng wǒ kànkan　wèishénme zhège
　網站半天都打不開？
　wǎngzhàn bàntiān dōu dǎ bu kāi

徐太太　Xú tàitai
：我來看看，你打開的這是什麼
　wǒ lái kànkan　nǐ dǎkāi de zhè shì shénme
　網站啊？
　wǎngzhàn a

阮先生　Ruǎn xiānsheng
：剛才我收到了一條銀行的短信，
　gāngcái wǒ shōudàole yì tiáo yínháng de duǎnxìn
　說我的賬戶被停用，需要
　shuō wǒ de zhànghù bèi tíng yòng　xūyào
　點擊這個鏈接，重新啟動網上
　diǎnjī zhège liànjiē　chóngxīn qǐdòng wǎngshàng
　銀行服務。
　yínháng fúwù

徐太太　Xú tàitai
：哎呀！那你可要小心一點兒了。我
　āiyā　nà nǐ kě yào xiǎoxīn yìdiǎnr le　wǒ

108

tīngshuō　　 zuìjìn yǒu hěn duō jiǎmào yínháng shǒujī
聽說 ，最近 有 很 多 假冒 銀行 手機

duǎnxìn de zhàpiàn'àn　 dàgài jiùshì zhège tàolù
短信 的 詐騙案 ，大概 就是 這個 套路。

Ruǎn xiānsheng　　　 à　 zhēn de ma　nǐ kàn　 wǎngzhàn dǎkāi le
阮　先生　　：啊！真 的 嗎？你 看， 網站 打開 了。

yí　 zhège wǎngzhàn de jièmiàn gēn wǒ píngshí
咦？這個 網站 的 界面 跟 我 平時

shǐyòng de quèshí yǒudiǎnr bù yíyàng o
使用 的 確實 有點兒 不 一樣 哦。

Xú tàitai　　　　　 nǐ kàn　 hái ràng nǐ shūrù yínháng zhànghù
徐 太太　　：你 看， 還 讓 你 輸入 銀行 賬戶

hàomǎ hé mìmǎ　 zhè qiānwàn yào xiǎoxīn a
號碼 和 密碼，這 千萬 要 小心 啊！

Ruǎn xiānsheng　　 wǒ shǒujī shang yǒu yínháng de　　　 wǒ shìshi
阮　先生　　：我 手機 上 有 銀行 的 App，我 試試

yínháng de
銀行 的 App。

徐太太 Xú tàitai：對，你試試在 App 上能不能登入你的銀行賬戶。

阮先生 Ruǎn xiānsheng：咦……可以打開啊！我的銀行賬戶並沒有暫停使用啊！

徐太太 Xú tàitai：那你收到的這條鏈接肯定有詐，好在你沒輸入你的賬戶號碼和密碼，不然你銀行裏的錢可能就會被他們轉走了。

阮先生 Ruǎn xiānsheng：是啊，幸虧今天有你在，不然我可能損失慘重啊。中午你想吃什麼？我請。

徐太太 Xú tàitai：你先不要急着請我吃飯，你現在應該趕快去一趟銀行，查證一下手機裏的鏈接是不是有問題，防微杜漸嘛！

阮先生 Ruǎn xiānsheng：你說得對，那你陪我一起去吧，然後咱們一起吃飯。

110

Xú tàitai
徐 太太 ： 恭敬 不如 從命 ，那 我 就 再 陪 你 去
gōngjìng bùrú cóngmìng nà wǒ jiù zài péi nǐ qù

yí tàng ba zhōngwǔ qǐng wǒ chī hǎixiǎn zìzhù
一 趟 吧， 中午 請 我 吃 海鮮 自助。

Ruǎn xiānsheng
阮 先生 ： 好 的，沒 問題， 咱們 就 去 最 高檔
hǎo de méi wèntí zánmen jiù qù zuì gāodàng

de nà jiā
的 那 家。

(二) 假冒 內地 銀行 職員 電話 詐騙案
jiǎmào nèidì yínháng zhíyuán diànhuà zhàpiàn'àn

Liào xiānsheng jiēdàole yí gè qíguài de diànhuà tā qù yínháng
（廖 先生 接到了 一 個 奇怪 的 電話 ，他 去 銀行

xúnwèn cǐ shì
詢問 此 事。）

yínháng zhíyuán nín hǎo yǒu shénme kěyǐ bāng nín ma
銀行 職員 ： 您 好， 有 什麼 可以 幫 您 嗎？

Liào xiānsheng
廖 先生 ： 我 今天 早上 接到了 一 個 特別 奇怪
wǒ jīntiān zǎoshang jiēdàole yí gè tèbié qíguài

de diànhuà wǒ juéde yǒudiǎnr xiàng zhàpiàn
的 電話 ，我 覺得 有 點兒 像 詐騙

diànhuà suǒyǐ lái yínháng wènwen
電話 ，所以 來 銀行 問問 。

yínháng zhíyuán nín néng bu néng shuōshuo jùtǐ de qíngkuàng
銀行 職員 ： 您 能 不 能 說說 具體 的 情況 ？

Liào xiānsheng
廖 先生 ： 我 早上 正在 收拾 房間 的 時候
wǒ zǎoshang zhèngzài shōushi fángjiān de shíhou

tūrán jiēdào yí gè dàiyǒu cháng chuàn hàomǎ de
突然 接到 一 個 帶有 長 串 號碼 的

diànhuà diànhuà li de rén gēn wǒ shuō tā
電話 ， 電話 裏 的 人 跟 我 說， 他

shì nèidì de yínháng zhíyuán　shuō wǒ zài nèidì
是 內地 的 銀行 職員 ， 說 我 在 內地

shēnqǐng de xìnyòngkǎ qiànle hěn duō qián　kěshì
申請 的 信用卡 欠了 很 多 錢 ， 可是

wǒ zài nèidì méiyǒu shēnqǐngguo xìnyòngkǎ a
我 在 內地 沒有 申請過 信用卡 啊！

yínháng zhíyuán　nà hòulái tā yòu wènle shénme
銀行 職員 ： 那 後來 他 又 問了 什麼 ？

Liào xiānsheng　tā méiyǒu zài wèn wǒ shénme　jiēxialai jiù héduì-
廖 先生 ： 他 沒有 再 問 我 什麼 ， 接下來 就 核對

le yíxià wǒ de gèrén zīliào
了 一下 我 的 個人 資料。

yínháng zhíyuán　duìfāng zhǎngwò de zīliào dōu duì ma
銀行 職員 ： 對方 掌握 的 資料 都 對 嗎？

Liào xiānsheng　ràng wǒ qíguài de jiù zài zhèr　suǒyǒu guānyú
廖 先生 ： 讓 我 奇怪 的 就 在 這兒 ， 所有 關於

wǒ de gèrén zīliào dōu duì　ránhòu tā jiù bǎ wǒ
我 的 個人 資料 都 對 ， 然後 他 就 把 我

de diànhuà zhuǎijiē dào zìchēng shì nèidì zhífǎ
的 電話 轉接 到 自稱 是 內地 執法

rényuán nàlǐ le　nàge rén shuō wǒ chùfànle
人員 那裏 了 ， 那個 人 說 我 觸犯了

nèidì fǎlǜ　yāoqiú wǒ tígōng yínháng zhànghù hé
內地 法律 ， 要求 我 提供 銀行 賬戶 和

mìmǎ lái xǐtuō xiányí
密碼 來 洗脫 嫌疑。

yínháng zhíyuán　nà nín gàosu tā le ma
銀行 職員 ： 那 您 告訴 他 了 嗎？

Liào xiānsheng　wǒ chà yìdiǎnr jiù gàosu tā le　dànshì wǒ yuè
廖 先生 ： 我 差 一點兒 就 告訴 他 了 ， 但是 我 越

xiǎng yuè bú duìjìn　wǒ jiù shuō yào héshí tā de
想 越 不 對勁 ， 我 就 說 要 核實 他 的

身份，對方　聽到　後　就把　電話　掛
了。可是　對方　掌握了　我　很　多　個人
資料，我　還是　有點兒　擔心，所以　過來
找　你們　幫忙　。

銀行　職員：您　真　是　有勇有謀　啊，這　就是　個
詐騙　電話。最近　有　一些　顧客　也　反映
了　跟　您　類似　的　情況　。一般　來説，
執法　人員　或　政府　機構　職員　都　不
會　要求　市民　提供　銀行　賬戶　密碼
等　敏感　資料　的。

廖　先生：那　對方　是　怎麼　知道　我　的　那些　個人
資料　的　啊？

銀行　職員：可能　是　你　以前　在　內地　消費　或者　加入
會員　時　留下了　資料，這些　騙徒　通過
某些　途徑，得到了　您　的　資料。

廖　先生：噢！那　我　就　明白　了，謝謝　你。

yínháng zhíyuán　　bié kèqi　　yǐhòu yàoshi zài yùdào zhèyàng de

銀行　職員：別 客氣，以後 要是 再 遇到　這樣　的

zhàpiàn diànhuà　　nǐ kěyǐ zhíjiē bōdǎ fángpiànyì

詐騙　電話，你 可以 直接 撥打 防騙易

rèxiàn

熱線 18222。

Liào xiānsheng　　hǎo de　nà jiù fāngbiàn duō le　bú yòng wǒ

廖　先生：好 的，那 就　方便　多 了，不 用 我

zhuānmén pǎo yí tàng le

專門　跑 一 趟 了。

二、詞語 🎧 7-2

（一）課文詞語

重新啟動 chóngxīn qǐdòng（重啟 chóngqǐ）

網站 wǎngzhàn	假冒 jiǎmào	套路 tàolù
詐騙案 zhàpiàn'àn	界面 jièmiàn	千萬 qiānwàn
暫停 zàntíng	幸虧 xìngkuī	趕快 gǎnkuài
高檔 gāodàng	防微杜漸 fángwēidùjiàn	奇怪 qíguài
具體 jùtǐ	收拾 shōushi	突然 tūrán
核對 héduì	掌握 zhǎngwò	執法 zhífǎ
觸犯 chùfàn	法律 fǎlǜ	洗脫 xǐtuō
嫌疑 xiányí	不對勁 bú duìjìn	類似 lèisì
敏感 mǐngǎn	掛電話 guà diànhuà	反映 fǎnyìng
途徑 tújìng	有勇有謀 yǒuyǒng-yǒumóu	

（二）補充詞語

冒充 màochōng　　　　威脅 wēixié　　　　口音 kǒuyīn

假扮 jiǎbàn　　　　　洗錢 xǐqián　　　　警惕 jǐngtì

損失 sǔnshī　　　　　報案 bào'àn　　　　害怕 hàipà

三、粵普對照 7-3

粵	普
坐監	坐牢 zuòláo
犀利	厲害 lìhai
差人	警察 jǐngchá
睇勻晒	瀏覽一遍 liúlǎn yí biàn
醒目	機靈 jīling
例牌	一貫的做法 yíguàn de zuòfǎ
好彩	幸虧 xìngkuī
出奇	奇怪 qíguài
呃錢	騙錢 piànqián

四、練習

1. 討論時間：

(1) 你有沒有收到過詐騙信息？你當時是怎麼解決的？

(2) 收到哪些電話應該提高警惕？

(3) 哪些人容易被騙？他們為什麼是詐騙犯的目標？

2. 回答問題：

在日常生活中，發生下面哪種情況時我們應該提高警惕？

陌生來電告訴你郵包有問題	陌生來電通知你的銀行卡出現問題	對方要求你提供個人資料
收到中獎的短信	收到某個公司的產品推廣電話	對方要求你轉賬到陌生銀行賬戶
收到陌生郵件讓你點擊鏈接查看詳情	收到證件即將過期的電話	收到銀行跟你核對資料的電話

3. 用普通話說出下面一段話。

阿圖同阿仁係大學同學，畢業後幾年再撞番。阿仁喺一間科技投資公司做嘢，公司同一間初創公司合作研發新產品。阿仁遊說阿圖投資，話實賺錢，只須投資十萬蚊，每個月有十個巴仙利息，一年到期後可以攞番本金。項目喺香港上市嘅時候，仲有股份優先認購權。阿圖心郁，就投資咗十萬蚊。三個月後，阿圖搵阿仁，話收咗一個月利息後就冇晒下文喇。阿仁話自己嘅公司都被拍檔呃咗幾百萬，如果追唔番，公司都可能要破產。

4. 朗讀練習。

　　近年來詐騙案的比例越來越高，詐騙罪犯通常會冒充官員、警察、銀行或者快遞工作人員，通過電話或者短信利用虛假網站鏈接，獲得當事人或者親朋好友的隱私信息，包括出生年月、證件號碼、銀行賬戶等，詐騙錢財。老人家尤其成為罪犯的主要目標。因此，當我們接到陌生電話或者收到奇怪短信時，一定要提高警惕，防止上當受騙。

〈知識窗〉殺豬盤

　　有一種網絡詐騙的手法，叫「殺豬盤」。原來詐騙犯先在網絡交友，交友之後，選擇對象，利用有些人想投資賺大錢的心理，引誘他上鈎。例如，先讓他打 30 萬投資，第二天就在他賬戶上回報 39 萬。他喜出望外，再接着投資，反反復復，總有回報。這個讓受騙者不斷上鈎的過程被詐騙犯叫做「養豬」。越投數字越大，「豬」越養越肥，到一定階段就乾脆利落「殺豬」了，投資者便分文沒有、血本無歸了。被騙上百萬、上千萬的都有。上網查一查，「殺豬盤香港」「殺豬盤馬來西亞」，原來這個詞在許多華人社區都流行。利用網絡進行詐騙的手法層出不窮，我們一定要有識別能力，具備警惕性。

大灣區 公司 註冊
Dàwānqū gōngsī zhùcè

掃碼聽錄音

一、課文 8-1

（一） 大灣區 內地 城市 公司 註冊
Dàwānqū nèidì chéngshì gōngsī zhùcè

（Luò xiǎojiě yǔ Zhāng xiānsheng zài yí cì shāngyè jiǔhuì shang tán
（駱 小姐 與 章 先生 在 一 次 商業 酒會 上 談
qǐ zài Dàwānqū nèidì chéngshì zhùcè gōngsī de shìqing
起 在 大灣區 內地 城市 註冊 公司 的 事情 。）

Zhāng xiānsheng　Luò xiǎojiě　tīngshuō nǐ de shēngyi yuè zuò yuè
章 先生 ：駱 小姐， 聽說 你 的 生意 越 做 越
huǒ　gōngsī yǐjīng biànbù zhěnggè Dàwānqū
火， 公司 已經 遍佈 整個 大灣區
la
啦！

Luò xiǎojiě　guòjiǎng le　dōu shì yǒu nǐmen zhèxiē shēngyi
駱 小姐 ：過獎 了，都 是 有 你們 這些 生意
huǒbàn de zhàogù　gōngsī cái néng bǎochí
夥伴 的 照顧， 公司 才 能 保持
yōuxiù de yèjì
優秀 的 業績。

Zhāng xiānsheng　shì nǐ jīngyíng yǒudào a　xiàng nǐ qǐngjiào
章 先生 ：是 你 經營 有道 啊。 向 你 請教
yíxià　zài Xiānggǎng　Àomén yǐwài de nèidì
一下，在 香港 、 澳門 以外 的 內地

Dàwānqū chéngshì zhùcè gōngsī róngyì ma
大灣區　城市　註冊　公司　容易　嗎？

liúchéng máfan bu máfan
流程　麻煩　不　麻煩？

Luò xiǎojiě
駱　小姐　：

nǐ kě wèn duì rén le　wǒ shàng gè yuè gāng
你可問對人了，我　上　個月　剛

zài Shēnzhèn zhùcèle yì jiā gōngsī　nǐ shǒuxiān
在　深圳　註冊了一家公司。你　首先

xūyào quèdìng zài nèidì zhùcè shénme yàng
需要　確定　在　內地　註冊　什麼　樣

de gōngsī jīngyíng fànwéi shì shénme　shì yǐ
的公司、經營　範圍　是　什麼，是以

Xiānggǎng zìránrén de shēnfèn zuòwéi gǔdōng
香港　自然人的身份作為　股東，

háishi yǐ Xiānggǎng gōngsī zuòwéi gǔdōng
還是以香港　公司作為股東

quánzī kònggǔ
全資　控股。

Zhāng xiānsheng
章　先生　：

wǒ zài Xiānggǎng méiyǒu gōngsī　huì yǐ zìránrén
我在香港　沒有公司，會以自然人

de shēnfèn zuòwéi gǔdōng
的身份作為　股東。

駱小姐 : 以香港自然人的身份作為股東，需要本人攜帶回鄉證，到內地所在工商局辦理註冊手續。

Luò xiǎojiě
yǐ Xiānggǎng zìránrén de shēnfèn zuòwéi gǔdōng
xūyào běnrén xiédài huíxiāngzhèng dào nèidì
suǒ zài gōngshāngjú bànlǐ zhùcè shǒuxù

章先生 : 辦理註冊手續時是不是需要遞交註冊申請資料，比如申請書、公司章程、任職書等材料。

Zhāng xiānsheng
bànlǐ zhùcè shǒuxù shí shì bu shì xūyào dìjiāo
zhùcè shēnqǐng zīliào bǐrú shēnqǐngshū
gōngsī zhāngchéng rènzhíshū děng cáiliào

駱小姐 : 是的。但是申請時要注意，香港人在內地註冊公司至少需要兩個自然人。一個人擔任法人並兼任執行董事和總經理，另外一個人擔任監事。因為監事不能兼任法人、執行董事和總經理。

Luò xiǎojiě
shì de dànshì shēnqǐng shí yào zhùyì Xiānggǎngrén
zài nèidì zhùcè gōngsī zhìshǎo xūyào liǎng gè
zìránrén yí gè rén dānrèn fǎrén bìng jiānrèn
zhíxíng dǒngshì hé zǒngjīnglǐ lìngwài yí gè rén
dānrèn jiānshì yīnwèi jiānshì bù néng jiānrèn
fǎrén zhíxíng dǒngshì hé zǒngjīnglǐ

章先生 : 那也就是說，註冊公司時至少由兩位港籍人士組成，對嗎？

Zhāng xiānsheng
nà yě jiùshì shuō zhùcè gōngsī shí zhìshǎo yóu
liǎng wèi gǎngjí rénshì zǔchéng duì ma

駱小姐 : 可以這麼說，而且在起公司名字的時候有嚴格限制。

Luò xiǎojiě
kěyǐ zhème shuō érqiě zài qǐ gōngsī míngzi de
shíhou yǒu yángé xiànzhì

章先生 : 好的，等我起好了公司名字，回頭

Zhāng xiānsheng
hǎo de děng wǒ qǐhǎole gōngsī míngzi huítóu

zhǎo nǐ bǎba guān
找 你 把把 關 。

駱 小姐 Luò xiǎojiě :
沒 問題。你 要 注意，內地 公司 註冊
méi wèntí nǐ yào zhùyì nèidì gōngsī zhùcè
資本 是 認繳制，也 就是 說， 公司 註冊
zīběn shì rènjiǎozhì yě jiùshì shuō gōngsī zhùcè
資本，你 可以 填 一 個 固定 的 數額，
zīběn nǐ kěyǐ tián yí gè gùdìng de shù'é
但 並 不 需要 注資 進去。
dàn bìng bù xūyào zhùzī jìnqu

章 先生 Zhāng xiānsheng :
好 的。我 比較 擔心 的 是 註冊 地址。
hǎo de wǒ bǐjiào dānxīn de shì zhùcè dìzhǐ
我 在 網 上 看到， 註冊 公司 需要
wǒ zài wǎng shang kàndào zhùcè gōngsī xūyào
一 個 經營 場所 ，那 就是 還 要 租 一
yí gè jīngyíng chǎngsuǒ nà jiùshì hái yào zū yí
個 辦公室 啊？
gè bàngōngshì a

駱 小姐 Luò xiǎojiě :
你們 公司 主要 業務 是 商務 服務，
nǐmen gōngsī zhǔyào yèwù shì shāngwù fúwù
暫時 不 需要 辦公 場所 ，可以
zànshí bù xūyào bàngōng chǎngsuǒ kěyǐ
選擇 託管 到 某 一 個 地址。
xuǎnzé tuōguǎn dào mǒu yí gè dìzhǐ

章 先生 Zhāng xiānsheng :
好 的， 明白 了， 非常 感謝， 今天
hǎo de míngbai le fēicháng gǎnxiè jīntiān
真 是 受益匪淺 啊！
zhēn shì shòuyì-fěiqiǎn a

駱 小姐 Luò xiǎojiě :
哪裏 哪裏，你 太 客氣 了。
nǎlǐ nǎlǐ nǐ tài kèqi le

章 先生 Zhāng xiānsheng :
如果 在 註冊 過程 中 還 有 什麼
rúguǒ zài zhùcè guòchéng zhōng hái yǒu shénme
問題，我 再 請教 你。
wèntí wǒ zài qǐngjiào nǐ

骆 小姐 Luò xiǎojiě : 不 客氣。哎，酒會 開始 啦，咱們 進去 吧。
bú kèqi āi jiǔhuì kāishǐ la zánmen jìnqu ba

（二） 香港 本地 公司 註冊
Xiānggǎng běndì gōngsī zhùcè

（在 同鄉會 的 活動 中，朱 先生 和 何 小姐
zài tóngxiānghuì de huódòng zhōng Zhū xiānsheng hé Hé xiǎojiě

談起了 香港 本地 公司 註冊 的 話題。）
tánqǐle Xiānggǎng běndì gōngsī zhùcè de huàtí

朱 先生 Zhū xiānsheng : 何 小姐，跟 你 認識了 這麼 長
Hé xiǎojiě gēn nǐ rènshile zhème cháng

時間，都 不 知道 你 祖籍 也 是
shíjiān dōu bù zhīdào nǐ zǔjí yě shì

中山 的。
Zhōngshān de

何 小姐 Hé xiǎojiě : 因為 咱們 每 次 見面 都 是
yīnwèi zánmen měi cì jiànmiàn dōu shì

匆匆忙忙 談 生意，根本 沒
cōngcōngmángmáng tán shēngyi gēnběn méi

時間 聊 這些。
shíjiān liáo zhèxiē

朱 先生 Zhū xiānsheng : 對 啊，現在 知道 了，以後 大家 可 要
duì a xiànzài zhīdào le yǐhòu dàjiā kě yào

更 多 地 互幫互助 了。
gèng duō de hùbānghùzhù le

何 小姐 Hé xiǎojiě : 你 還 別 説，我 現在 就 有 件 事兒
nǐ hái bié shuō wǒ xiànzài jiù yǒu jiàn shìr

需要 你 的 幫助。
xūyào nǐ de bāngzhù

朱　先生：哦，這麼巧，什麼事兒？

何小姐：我最近打算開一個中山土特產公司，可一直沒時間去瞭解註冊的流程，你是商業大律師，一定知道如何註冊吧。

朱　先生：這事兒我知道，在香港本地註冊公司很容易。

何小姐：那快説説，省得我再去網上查了。

朱　先生：第一步你要先選擇公司的公司類別，是股份有限公司、擔保有限公司，還是公眾有限公司。

何小姐：這三類公司有什麼區別嗎？

朱　先生：簡單來説，大部分有限公司都是股份有限公司，非牟利機構通常為擔保有限公司，而公眾有限公司則為非私人股份有限

gōngsī
公司。

何 小姐 Hé xiǎojiě：那 我 這 經營 的 範圍 屬於 股份 有限
nà wǒ zhè jīngyíng de fànwéi shǔyú gǔfèn yǒuxiàn

gōngsī dduì ba
公司，對 吧？

朱 先生 Zhū xiānsheng：是 的。之後 你 就 需要 擬定 公司
shì de zhīhòu nǐ jiù xūyào nǐdìng gōngsī

míngchēng le wèile bìmiǎn chóngmíng huòzhě
名稱 了。為了 避免 重名 或者

kěnéng bú huò zhùcè nǐ xūyào qù wǎng shang
可能 不 獲 註冊，你 需要 去 網 上

de chá cè zhōngxīn chácha nǐyòngmíng shìfǒu
的 查 冊 中心，查查 擬用名 是否

yǒu chóngfù
有 重複？

何 小姐 Hé xiǎojiě：那 我 能 起個 中英文 組合 的 名字
nà wǒ néng qǐ gè zhōngyīngwén zǔhé de míngzi

ma
嗎？

朱 先生 Zhū xiānsheng：不行，不過 你 可以 同時 註冊
bùxíng búguò nǐ kěyǐ tóngshí zhùcè

yí gè zhōngwén míngchēng hé yí gè yīngwén
一 個 中文 名稱 和 一 個 英文

míngchēng
名稱。

何 小姐 Hé xiǎojiě：好 的，名字 選好 以後 還 需要 做
hǎo de míngzi xuǎnhǎo yǐhòu hái xūyào zuò

shénme ne
什麼 呢？

朱 先生 Zhū xiānsheng：接下來 你 可以 通過 「註冊易」在 網
jiēxialai nǐ kěyǐ tōngguò zhùcèyì zài wǎng

shang tíjiāo shēnqǐng cáiliào qízhōng yǒu fǎtuán
上 提交 申請 材料，其中 有 法團

成立 表格、公司 組織 章程 細則、
致 商業 登記署 通知書。最後 繳納
服務費 和 商業 登記費 就 可以 了。

何 小姐 ： 我 聽說 有 個「CR 交表易 」免費
手機 程序 也 可以 提交？

朱 先生 ： 是 的，這個 更 方便 ，所有 材料 都
可以 通過 這個 手機 程序 隨時 提交。

何 小姐 ： 這些 材料 提交 後 多久 可以 獲得
審批？

朱 先生 ： 速度 非常 快，如果 你 是 從「註冊易」
提交 的 材料，一個 小時 內 就 能 獲
發 電子「公司 註冊 證明書 」。

何 小姐 ： 速度 這麼 快 啊，那 我 現在 先 下載
手機 程序 申請 表格。

朱 先生 ： 看 你 這 急性子，今天 活動 結束了 再
申請 也 不 遲 啊。

二、詞語 🎧 8-2

（一）課文詞語

註冊 zhùcè	酒會 jiǔhuì	審批 shěnpī
遍佈 biànbù	夥伴 huǒbàn	業績 yèjì
流程 liúchéng	主體 zhǔtǐ	自然人 zìránrén
股東 gǔdōng	章程 zhāngchéng	任職書 rènzhíshū
控股 kònggǔ	監事 jiānshì	託管 tuōguǎn
地域 dìyù	認繳制 rènjiǎozhì	下載 xiàzài
非牟利 fēimóulì	受益匪淺 shòuyì-fěiqiǎn	

（二）補充詞語

招股 zhāogǔ	細則 xìzé	報表 bàobiǎo
配發 pèifā	性質 xìngzhì	副本 fùběn
逾期 yúqī	申報 shēnbào	納稅人 nàshuìrén
索引 suǒyǐn	查冊 chácè	侵犯 qīnfàn
效力 xiàolì	執照 zhízhào	知識產權 zhīshi chǎnquán

三、粵普對照 🎧 8-3

粵	普
開倉	建倉 jiàn cāng
累積	積累 jīlěi

粵	普
落盤	下單 xiàdān
收市價	收盤價 shōupánjià
碎股	零股 línggǔ
搵錢	賺錢 zhuànqián
公幹	出差 chūchāi
講笑	開玩笑 kāi wánxiào
折讓	折價 zhéjià

四、練習

1. 討論時間：

（1）你能説説在香港註冊公司有哪些優勢嗎？

（2）如果你能開一家公司，你選擇大灣區哪個城市？為什麼？

（3）你認為將來在大灣區開什麼公司有很好的發展前景？

2. 你有一位朋友，他想在香港開立一家私人股份有限公司。根據課文對話，你能不能給他介紹一下註冊公司的流程？

參考詞語：

步驟　名稱　類型　重複　盜用　違法　提交　獲得

3. 用普通話説出下列句子。

（1）呢排最熱嘅話題係去大灣區發展，究竟係咪個金礦一樣，可以搵大錢，發大財？

(2) 我都係瞭解唔多，只知道大灣區就係廣東九個城市加埋香港、澳門。

(3) 我哋香港人要入去發展，盲頭烏蠅，要搵支盲公竹至得。

(4) 係呀。不如我哋睇睇貿易發展局有冇搞乜嘢考察團囉。

(5) 好主意！我打電話去貿發局問下，有消息再聯絡你。

4. 朗讀練習。

　　香港作為世界最自由的經濟體之一，被企業家公認為是成立公司的理想城市。截至 2019 年年底，在公司註冊處上註冊的本地公司超過 1,380,000 家，這是因為香港有很多優勢吸引着初次創業的企業家們。例如優惠的稅制、良好的商業環境、自由的市場、國際化營商的環境等。這些優勢都有助於一個初創企業蓬勃發展。

〈知識窗〉CR 交表易

　　「CR 交表易」是公司註冊處於 2017 年開發的一款免費流動應用程序，便於「註冊易」的登記用戶，使用智能手機，從線上隨時隨地向公司註冊處，交付成立公司的 13 款較常提交的表格，包括成立本地公司的申請表及周年申報表。該程式的電子表格修改功能便於用戶檢索、修改及提交電子表格。

第9課　**銀行 服務**
yínháng　fúwù

掃碼聽錄音

一、課文 🎧 9-1

gōngzī fāfàng fúwù
（一） 工資 發放 服務

Chén tàitai zài yínháng xúnwèn zhíyuán biàngēng gōngzīkǎ de
（ 陳 太太 在 銀行 詢問 職員 變更 工資卡 的
wèntí
問題。）

yínháng zhíyuán　zǎoshang hǎo　nín xūyào bànlǐ shénme yèwù
銀行 職員：早上 好，您 需要 辦理 什麼 業務？

Chén tàitai　wǒ fāfàng gōngzī de yínháng lí wǒ jiā hěn yuǎn
陳 太太：我 發放 工資 的 銀行 離 我 家 很 遠 ，

měi cì qǔqián　cúnkuǎn shénme de hěn bù
每 次 取錢 、 存款 什麼 的 很 不

fāngbiàn　wǒ xiǎng wènwen néng bu néng huàn
方便 ，我 想 問問 能 不 能 換

dào nǐmen yínháng
到 你們 銀行 ？

yínháng zhíyuán　dāngrán kěyǐ　nín kěyǐ zìyóu xuǎnzé fāfàng
銀行 職員：當然 可以，您 可以 自由 選擇 發放

gōngzī de yínháng
工資 的 銀行 。

Chén tàitai　nà wǒ zěnme shēnqǐng
陳 太太：那 我 怎麼 申請 ？

銀行　職員：您　有　我們　銀行　的　賬戶　，直接　通知
yínháng zhíyuán　nín yǒu wǒmen yínháng de zhànghù　zhíjiē tōngzhī

僱主　要　變更　銀行，他們　更改了　您
gùzhǔ yào biàngēng yínháng　tāmen gēnggǎile nín

的　信息　就　可以　了，要不然　您　收　不　到
de xìnxī jiù kěyǐ le　yàoburán nín shōu bu dào

工資　啦！
gōngzī la

陳　太太　：這麼　簡單　啊，早　知道　我　去年　就　換
Chén tàitai　zhème jiǎndān a　zǎo zhīdào wǒ qùnián jiù huàn

了，不　用　每　次　取錢　坐　兩　站　地鐵
le　bú yòng měi cì qǔqián zuò liǎng zhàn dìtiě

了。
le

銀行　職員：而且　現在　我們　還　有　優惠　活動　。
yínháng zhíyuán　érqiě xiànzài wǒmen hái yǒu yōuhuì huódòng

陳　太太　：什麼　優惠　活動　？
Chén tàitai　shénme yōuhuì huódòng

銀行　職員：如果　您　在　月底　前　成功　換到
yínháng zhíyuán　rúguǒ nín zài yuèdǐ qián chénggōng huàndào

我們　銀行　的　賬戶　發　工資，還　有
wǒmen yínháng de zhànghù fā gōngzī hái yǒu

機會　可以　得到　150　塊　的　獎賞　。
jīhuì kěyǐ dédào　kuài de jiǎngshǎng

陳　太太　：只要　轉了　就　能　得到　這　150　塊　的
Chén tàitai　zhǐyào zhuǎile jiù néng dédào zhè　kuài de

獎賞　嗎？
jiǎngshǎng ma

銀行　職員：不　是，也　要　根據　工資　的　金額，每　個
yínháng zhíyuán　bú shì yě yào gēnjù gōngzī de jīn'é měi gè

月　工資　在　60,000　塊　以上　，可以　拿到
yuè gōngzī zài　kuài yǐshàng kěyǐ nádào

100　塊　的　現金　回贈　和　50　塊　的　股票
kuài de xiànjīn huízèng hé　kuài de gǔpiào

zhèngquàn huízèng
證券 回贈。

Chén tàitai
陳 太太 ：哦，原來 是 這樣，那 我 明白 了。對
le wǒ shùnbiàn xiǎng wèn yíxià wǒ xiānsheng
了，我 順便 想 問 一下，我 先生
méiyǒu nǐmen yínháng de zhànghù rúguǒ tā
沒有 你們 銀行 的 賬戶，如果 他
xiǎng huàndào nǐmen yínháng fāfàng gōngzī kěyǐ
想 換到 你們 銀行 發放 工資 可以
ma
嗎？

yínháng zhíyuán
銀行 職員 ：可以 的，但 他 需要 多 一 個 步驟，先
zài wǒmen yínháng kāihù ránhòu tōngzhī gùzhǔ
在 我們 銀行 開戶，然後 通知 僱主
jiù kěyǐ le
就 可以 了。

Chén tàitai
陳 太太 ：那 我 就 清楚 了，謝謝 你！

yínháng zhíyuán
銀行 職員 ：別 客氣。陳 太太，您 瞭解「退稅 年金
jìhuà ma
計劃」嗎？

Chén tàitai
陳 太太 ：你 說 的 這個 我 聽說過，但 很
bàoqiàn wǒ jīntiān méi kòngr le zánmen xiàcì
抱歉，我 今天 沒 空兒 了，咱們 下次
zài yuē hǎo bu hǎo
再 約 好 不 好？

yínháng zhíyuán
銀行 職員 ：好 的，那 我 回頭 打 電話 約 您。

hǎiwài zhuǎnzhàng
(二) 海外 轉賬

yí wèi gùkè zài yínháng xúnwèn wǎng hǎiwài zhuǎnzhàng de
（一 位 顧客 在 銀行 詢問 往 海外 轉賬 的
wèntí
問題。）

yínháng zhíyuán　nǐ hǎo　yǒu shénme kěyǐ bāng nǐ ma
銀行 職員：你 好，有 什麼 可以 幫 你 嗎？

gùkè　　　　nǐhǎo　wǒ xiǎng gěi hǎiwài de jiārén huì diǎn qián
顧客：你好，我 想 給 海外 的 家人 匯 點 錢。

yínháng zhíyuán　rúguǒ nǐ zài guìtái huìkuǎn zuì shǎo yào
銀行 職員：如果 你 在 櫃枱 匯款 最 少 要 200

gǎngbì de shǒuxùfèi　wǒ jiànyì nǐ shǐyòng
港幣 的 手續費，我 建議 你 使用

wǎngshàng yínháng de hǎiwài zhuǎnzhàng fúwù
網上 銀行 的 海外 轉賬 服務，

měi bǐ jiāoyì zuì dī zhǐ xūyào　gǎngbì de
每 筆 交易 最 低 只 需要 60 港幣 的

shǒuxùfèi　érqiě kěyǐ diànhuì　zhǒng huòbì
手續費，而且 可以 電匯 16 種 貨幣。

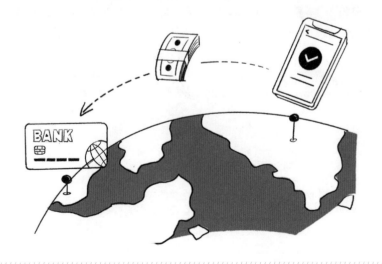

顧客：
網上　銀行　向　海外　轉賬　有
額度　限制　嗎？

銀行　職員：
你　可以　在　網　上　自己　設定　限額，最
多　每天　可以　轉　100　萬。

顧客：
這個　額度　對　我　來說　足夠　了，那　我　在
網　上　怎麼　操作？

銀行　職員：
先　登入　個人　網上　銀行，在　主頁
面　選擇「　轉賬　」，然後　選擇
「　海外　轉賬　」。

顧客：
你　稍等　，我　怕　忘　了，我　記　一下。

銀行　職員：
不　用　記，我　先　給　你　介紹　一下　流程　，
一會兒　送　你　一個　操作　的　小　冊子。

顧客：
好　的，那　請　你　繼續　說。

銀行　職員：
在　海外　轉賬　一　欄，可以　看到
「　設立　指示　」的　頁面，在　這個
頁面　中，要　填寫　收款人　的　信息

和 接受 匯款 銀行 的 信息，最後 輸入
zhuǎnzhàng jǐn'é zhuǎnzhàng shǒuxùfèi de zhīfù
轉賬 金額、 轉賬 手續費 的 支付
ānpái tiánxiě wánbì hòu àn xià yí bù héduì
安排。填寫 完畢 後，按「下 一 步」核對
nǐ de huìkuǎn xiángqíng xìnxī quèrèn wúwù hòu
你 的 匯款 詳情 ，信息 確認 無誤 後
tíjiāo jiù wánchéngle hǎiwài zhuǎnzhàng
提交，就 完成了 海外 轉賬 。

gùkè **顧客**	：	hěn fāngbiàn nà duìfāng shénme shíhou kěyǐ 很 方便 ，那 對方 什麼 時候 可以 shōudào wǒ de huìkuǎn ne 收到 我 的 匯款 呢？

yínháng zhíyuán
銀行 職員： yìbān láishuō gè gōngzuòrì jiù néng
一般 來說 1-4 個 工作日 就 能
shōudào dàn yǒuxiē guójiā huò dìqū yǒu wàihuì
收到 。但 有些 國家 或 地區 有 外匯
guǎnzhì shōudào huìkuǎn de shíjiān jiù huì wǎn
管制 ， 收到 匯款 的 時間 就 會 晚
yìdiǎnr le
一點兒 了。

gùkè
顧客： hǎo de wǒ míngbai le xièxie nǐ
好 的，我 明白 了，謝謝 你。

yínháng zhíyuán
銀行 職員： bié kèqi zhè shì huìkuǎn cāozuò de xiǎo
別 客氣！這 是 匯款 操作 的 小
cèzi rúguǒ yǒu shénme wèntí nǐ kěyǐ bōdǎ
冊子，如果 有 什麼 問題，你 可以 撥打
shàngmiàn de diànhuà zīxún
上面 的 電話 諮詢。

二、詞語 🎧 9-2

（一）課文詞語

變更 biàngēng	通知 tōngzhī	更改 gēnggǎi
獎賞 jiǎngshǎng	回贈 huízèng	步驟 bùzhòu
回頭 huítóu	匯錢 huìqián	建議 jiànyì
貨幣 huòbì	額度 édù	操作 cāozuò
選擇 xuǎnzé	流程 liúchéng	小冊子 xiǎo cèzi
匯款 huìkuǎn	完畢 wánbì	核對 héduì
無誤 wúwù	管制 guǎnzhì	撥打 bōdǎ
電匯 diànhuì		

（二）補充詞語

拖欠 tuōqiàn	中間行 zhōngjiānháng	
結算 jiésuàn	穩妥 wěntuǒ	可靠 kěkào
跨境 kuàjìng	歐元 ōuyuán	英鎊 yīngbàng
港幣 gǎngbì	日元 rìyuán	匯入 huìrù

三、粵普對照 🎧 9-3

粵	普
揸車	開車 kāichē
升跌	漲跌 zhǎngdiē
平價	廉價 liánjià
折頭	折扣 zhékòu
令到	使得 shǐdé
得閒	有空兒 yǒukòngr

四、練習

1. 討論時間：

（1）你喜歡使用哪家銀行的服務？為什麼？

（2）你平時經常使用銀行的哪些業務？

（3）什麼樣的轉賬方式對你來說比較便捷？

2. 回答問題：

你經常使用下面哪些銀行業務？

匯款	儲蓄	轉賬
生活繳費	證券投資	按揭貸款
理財產品	購買保險	外幣兌換

3. 用普通話說出下列句子。

（1）香港嘅銀行朝頭早九點開工，晏晝五點收工。

（2）我想開個活期存款戶頭，同埋一個定期存款嘅戶頭。

（3）等我過就近嗰間銀行撳啲錢至得。

4. 朗讀練習。

2021 年 9 月 15 日香港金管局發出公告，宣佈「南向通」於 2021 年 9 月 24 日上線。對於內地和香港來說，這標誌着金融往來更加頻密，資金開放程度更高了。「南向通」即內地與香港的債券市場互聯互通，南向合作，內地投資者通過內地與香港基礎服務機構連接，投資香港的債券市場。「南向通」將有助於更多內地市場的資金流通到香港及全球債券市場。

〈知識窗〉銅獅的故事

香港滙豐銀行大廈位於商業繁華地段 —— 中環，在銀行大廈門前矗立着兩尊銅獅，史提芬（Stephen）和施迪（Stitt），威武雄壯、惟妙惟肖，被視為滙豐銀行的守護神。坊間更傳說 1983 年香港發生的大股災是因為滙豐總行重建，銅獅暫被移至皇后像廣場所致。然而這兩座銅獅卻飽經滄桑，1942 年曾被運至日本，欲將其回爐取銅，二戰後幾經輾轉回到香港，再次佇立在滙豐大廈門前，見證着香港經濟的發展。

Dàwānqū jīnróng fúwù yǔ tóuzī
大灣區金融服務與投資

掃碼聽錄音

一、課文 🎧10-1

（一） Dàwānqū wǎngshàng zhīfù
大灣區 網上 支付

　Shí xiānsheng　 Liào xiǎojiě zài jiēshì mǎi cài　 liǎng gè rén zhèngzài
（石　先生 　、廖　小姐 在 街市 買 菜，　兩 個 人　 正在
liáotiān
聊天 。）

Liào xiǎojiě　　　āiyā　 tiānqì yòu rè rén yòu duō　 shǒu li nále
廖　小姐　　：哎呀，天氣 又 熱 人 又 多，　手 裏 拿了
　　　　　zhème duō dōngxi　 hái yào yòng xiànjīn fùkuǎn
　　　　　這麼 多 東西，還 要 用 現金 付款
　　　　　zhēnshi bù fāngbiàn
　　　　　真是 不 方便 。

Shí xiānsheng　　nǐ shì bu shì zǒngshì qù Zhōngshān　 Zhūhǎi
石　先生　 ：你 是 不 是 總是 去　 中山 　、珠海
　　　　　chūchāi　 yòng wēixìn yòng guàn le
　　　　　出差 ，用 微信 用　 慣 了？

Liào xiǎojiě　　shì a　 ná shǒujī sǎo yíxià mǎ jiù xíng le　 nǎ
廖　小姐　 ：是 啊，拿 手機 掃 一下 碼 就 行 了，哪
　　　　　xiàng xiànzài hái yào bǎ qián tāo jìn tāo chū de
　　　　　像 現在 還 要 把 錢 掏 進 掏 出 的。

Shí xiānsheng　　xià gè yuè wǒmen gōngsī yě yào pài wǒ qù
石　先生　 ：下 個 月 我們 公司 也 要 派 我 去

Dàwānqū chūchāi le wǒ néng bu néng yě
大灣區 出差 了，我 能 不 能 也

kāitōng xiànshàng zhīfù a
開通 線上 支付 啊？

Liào xiǎojiě   dāngrán kěyǐ le dàn nǐ yào xiān qù Dàwānqū
廖 小姐 ： 當然 可以 了，但 你 要 先 去 大灣區

de rènyì yì jiā yínháng bàn zhāng yínhángkǎ zhī-
的 任意 一 家 銀行 辦 張 銀行卡 ，之

hòu bǎngdìng nǐ de wēixìn jiù xíng le bié wàng-
後 綁定 你 的 微信 就 行 了，別 忘

le bànzhèng shí yào dài huíxiāngzhèng huòzhě
了 辦證 時 要 帶 回鄉證 或者

Gǎng-Ào Jūmín Nèidì Jūzhùzhèng
港澳 居民 內地 居住證 。

Shí xiānsheng   nà wǒ bù néng zài Xiānggǎng shēnqǐng ma
石 先生 ： 那 我 不 能 在 香港 申請 嗎？

chūchāi de shíhou běnlái shìr jiù tǐng duō hái
出差 的 時候 本來 事兒 就 挺 多 ，還

yào bàn kǎ wǒ pà máng bú guòlái
要 辦 卡，我 怕 忙 不 過來 。

Liào xiǎojiě   hǎoxiàng yě kěyǐ tīngshuō yǒu jiā yínháng tuīchū-
廖 小姐 ： 好像 也 可以， 聽說 有 家 銀行 推出

le kāihùyì de yèwù kěyǐ zhíjiē shēnqǐng
了「 開戶易 」的 業務，可以 直接 申請

Dàwānqū de yínháng yèwù hé yínhángkǎ
大灣區 的 銀行 業務 和 銀行卡 。

Shí xiānsheng   nà jiù fāngbiàn duō le nǎ jiā yínháng nǐ hái
石 先生 ： 那 就 方便 多 了，哪 家 銀行 你 還

jìde ma
記得 嗎？

Liào xiǎojiě   āiyā jiào shénme láizhe nǐ kàn wǒ zhè nǎozi
廖 小姐 ： 哎呀， 叫 什麼 來着？你 看 我 這 腦子 。

Shí xiānsheng   bú yàojǐn wǒ zài wǎng shang chácha
石 先生 ： 不 要緊，我 在 網 上 查查 。

廖 小姐 ：你 查到 了 也 告訴 我 一下。

Liào xiǎojiě

nǐ chádào le yě gàosu wǒ yíxià

石 先生 ：沒 問題。哎！你 看 那個 小攤 的 水果

Shí xiānsheng

méi wèntí āi nǐ kàn nàge xiǎotān de shuǐguǒ

挺 新鮮 的，你 要 不 要 買 點兒？

tǐng xīnxiān de nǐ yào bu yào mǎi diǎnr

廖 小姐 ：走，咱們 過去 看看。

Liào xiǎojiě

zǒu zánmen guòqu kànkan

（二）大灣區 購房

Dàwānqū gòufáng

（午飯 時，陳 先生 在 公司 跟 莊 太太 聊 起

wǔfàn shí Chén xiānsheng zài gōngsī gēn Zhuāng tàitai liáo qǐ

大灣區 置業 的 事情 。）

Dàwānqū zhìyè de shìqing

陳 先生 ：莊 太太，我 聽說 前段 時間 你

Chén xiānsheng

Zhuāng tàitai wǒ tīngshuō qiánduàn shíjiān nǐ

在 深圳 投資了 一 套 房產 。

zài Shēnzhèn tóuzīle yí tào fángchǎn

莊 太太 ：你 的 消息 挺 靈通 的 嘛，誰 告訴 你

Zhuāng tàitai

nǐ de xiāoxi tǐng língtōng de ma shéi gàosu nǐ

的，是 不 是 小 李？她 在 咱們 公司

de shì bu shì Xiǎo Lǐ tā zài zánmen gōngsī

就是 個 小 喇叭，什麼 事兒 都 瞞 不 過

jiùshì gè xiǎo lǎba shénme shìr dōu mán bu guò

她。怎麼，你 也 想 買 一 套？

tā zěnme nǐ yě xiǎng mǎi yí tào

陳 先生 ：是 啊，你 知道 我 兒子 去 深圳 發展，

Chén xiānsheng

shì a nǐ zhīdào wǒ érzi qù Shēnzhèn fāzhǎn

搞了 一 個 小 公司， 年前 交了 一 個 女

gǎole yí gè xiǎo gōngsī niánqián jiāole yí gè nǚ

péngyou tiāntiān rǎngzhe yào mǎi fángzi suǒyǐ
朋友，天天 嚷着 要 買 房子，所以

wǒ zhè yě děi liǎojiě yíxià hángqíng
我 這 也 得 瞭解 一下「 行情 」。

Zhuāng tàitai búcuò a nǐ érzi jiéhūn shí qiānwàn bié wàng-
莊 太太 ：不錯 啊，你 兒子 結婚 時 千萬 別 忘

le qǐng wǒ hē xǐjiǔ
了 請 我 喝 喜酒。

Chén xiānsheng nà hái yòng shuō ma
陳 先生 ：那 還 用 說 嘛。

Zhuāng tàitai wǒ mǎi de nà tào fángzi kàojìn kǒu'àn cóng
莊 太太 ：我 買 的 那 套 房子 靠近 口岸，從

gōngsī zuò gǎngtiě yí gè duō xiǎoshí jiù néng
公司 坐 港鐵 一 個 多 小時 就 能

dào
到 。

Chén xiānsheng dìlǐ wèizhì búcuò jiàgé hé huánjìng zěnme
陳 先生 ：地理 位置 不錯，價格 和 環境 怎麼

yàng
樣 ？

莊太太　Zhuāng tàitai：整套 房子 下來 500 多 萬。小區 的
zhěngtào fángzi xiàlái　duō wàn　xiǎoqū de

環境 也 很 好，「背靠 大山，
huánjìng yě hěn hǎo　bèi kào dàshān

春暖花開 」。
chūnnuǎnhuākāi

陳先生　Chén xiānsheng：喲，看 把 你 高興 的，還 做 起 詩 來
yō　kàn bǎ nǐ gāoxìng de　hái zuò qǐ shī lái

了。那 買 房 有 什麼 要求 嗎？
le　nà mǎi fáng yǒu shénme yāoqiú ma

莊太太　Zhuāng tàitai：當地 政府 有 優惠 政策， 香港人
dāngdì zhèngfǔ yǒu yōuhuì zhèngcè　Xiānggǎngrén

不 用 當地 社保，以 家庭 為 單位
bú yòng dāngdì shèbǎo　yǐ jiātíng wéi dānwèi

可以 購買 一 套 住房 。
kěyǐ gòumǎi yí tào zhùfáng

陳先生　Chén xiānsheng：那 可以 找 香港 銀行 貸款 嗎？
nà kěyǐ zhǎo Xiānggǎng yínháng dàikuǎn ma

莊太太　Zhuāng tàitai：這個 我 就 不 太 清楚 了，我 找 的 是
zhège wǒ jiù bú tài qīngchu le　wǒ zhǎo de shì

一家 大灣區 內地 的 銀行 ，你 買房 的
yì jiā Dàwānqū nèidì de yínháng　nǐ mǎifáng de

時候 可以 問問 。
shíhou kěyǐ wènwen

陳先生　Chén xiānsheng：買 房 時 還 需要 準備 什麼 材料
mǎi fáng shí hái xūyào zhǔnbèi shénme cáiliào

嗎？
ma

莊太太　Zhuāng tàitai：要 讓 你兒子 準備 一 份 香港 律師
yào ràng nǐ érzi zhǔnbèi yí fèn Xiānggǎng lùshī

樓 開具 的 家庭 成員 證明 ，還
lóu kāijù de jiātíng chéngyuán zhèngmíng　hái

要 準備 一 份 公證處 出具 的 按揭
yào zhǔnbèi yí fèn gōngzhèngchù chūjù de ànjiē

zhèngmíng
證明 。

Chén xiānsheng   méiyǒu qítā de le ma
陳　先生 ：沒有 其他 的 了 嗎？

Zhuāng tàitai   qítā de zǒu liúchéng shēnqǐng jiù kěyǐ le
莊　太太 ：其他 的 走 流程 申請 就 可以 了。

rúguǒ nǐ zhēn xiǎng mǎi jiù yào zhuājǐn shíjiān
如果 你 真 想 買 就 要 抓緊 時間

le lóushì yì tiān yí gè jià
了，樓市 一 天 一 個 價。

Chén xiānsheng   kěbù wǒ yíhuìr jiù gēn érzi shāngliang yíxià
陳　先生 ：可不，我 一會兒 就 跟 兒子 商量 一下。

Zhuāng tàitai   xíng le bù liáo le kuài dào shàngbān shíjiān
莊　太太 ：行 了，不 聊 了，快 到 上班 時間

le
了。

二、詞語 🎧10-2

（一）課文詞語

總是 zǒngshì	掃碼 sǎomǎ	政策 zhèngcè
掏錢 tāoqián	開通 kāitōng	置業 zhìyè
綁定 bǎngdìng	業務 yèwù	社保 shèbǎo
小攤 xiǎotān	靈通 língtōng	單位 dānwèi
喇叭 lǎba	行情 hángqíng	流程 liúchéng
優惠 yōuhuì	公證處 gōngzhèngchù	

（二）補充詞語

電費 diànfèi	水費 shuǐfèi	物業費 wùyèfèi
筍盤 sǔnpán	學區房 xuéqūfáng	社區 shèqū
限購 xiàngòu	樓層 lóucéng	配套設施 pèitào shèshī
贖樓 shúlóu	契稅 qìshuì	印花稅 yìnhuāshuì
認證 rènzhèng	繳清 jiǎoqīng	

三、粵普對照 🎧10-3

粵	普
街市	市場 shìchǎng
買樓	買房 mǎi fáng
樓花	預售房 yùshòufáng
公屋	經濟適用房 jīngjìshìyòngfáng
私人樓	商品房 shāngpǐnfáng
首期	首付 shǒufù
清水樓	毛坯房 máopīfáng

四、練習

1. 討論時間：

　　（1）如果你在大灣區投資，你會投資什麼？

　　（2）如果你在大灣區投資遇到金融問題，你會向誰諮詢？

（3）如果你有機會在大灣區投資物業，你會選擇哪個城市？為什麼？

2. 兩人一組，一人扮演大灣區內地銀行職員，一人扮演香港人顧客。顧客想諮詢在大灣區投資購房貸款的事宜。

參考詞語：

律師樓　公證　利率　結算　貨幣　擔保人　等額本息
等額本金

3. 用普通話説出下列句子。
（1）你可唔可以話畀我知點解呀？
（2）請你將支票擺喺箱裏面。
（3）你今日喺銀行擺咗幾多錢出嚟呀？

4. 朗讀練習。

　　粵港澳大灣區包括香港特別行政區、澳門特別行政區和廣東省廣州市、深圳市、珠海市、佛山市、惠州市、東莞市、中山市、江門市、肇慶市，總面積 5.6 萬平方公里，是中國開放程度最高、經濟活力最強的區域之一，在國家發展大局中具有重要戰略地位。建設粵港澳大灣區，既是新時代推動形成全面開放新格局的新嘗試，也是推動「一國兩制」事業發展的新實踐。

（資料來源：《粵港澳大灣區發展規劃綱要》）

〈知識窗〉粵港澳大灣區的金融合作發展

　　《粵港澳大灣區發展規劃綱要》中明確指出，香港在大灣區金融合作中具有重要地位。在打造粵港澳大灣區國際樞紐的過程中，香港需要繼續鞏固和提升國際金融中心的地位，建立「一帶一路」建設的投融資平台，在整個灣區金融領域起到引領的作用。國家支持香港打造大灣區綠色金融中心，建設國際認可的綠色債券認證機構；推進灣區金融市場互聯互通。還要逐步擴大大灣區內人民幣跨境使用規模和範圍，擴大香港與內地居民和機構進行跨境投資的空間，穩步擴大兩地居民投資對方金融產品的渠道。

dàikuǎn fúwù
貸款 服務

掃碼聽錄音

一、課文 11-1

sīrén dàikuǎn fúwù
(一)私人 貸款 服務

Chǔ xiānsheng jiēdào yínháng dǎ lai de cùxiāo diànhuà
(楚 先生 接到 銀行 打來 的 促銷 電話。)

yínháng zhíyuán　　Wai² Co² saang¹ nei⁵ hou² ngo⁵dei⁶ ji⁴gaa¹ teoi¹ceot¹
銀行 職員：喂，楚 生 你 好，我 哋 宜家 推出

dai¹sik¹ si¹jan⁴ taai³fun² fuk⁶mou⁶ nei⁵ jau⁵ mou⁵
低息 私人 貸款 服務，你 有 有……

Chǔ xiānsheng　　bùhǎoyìsi wǒ de Guǎngdōnghuà bù hǎo nǐ
楚　先生：不好意思，我 的 廣東話 不 好，你

kěyǐ jiǎng pǔtōnghuà ma
可以 講 普通話 嗎？

yínháng zhíyuán　　ò bùhǎoyìsi Chǔ xiānsheng zhè shì yínháng
銀行　職員：哦，不好意思， 楚 先生 ，這 是 銀行

gěi nín dǎ lai de wǒmen zuìjìn tuīchū gèrén dīxī
給 您 打來 的，我們 最近 推出 個人 低息

dàikuǎn xiǎng wènwen nín yǒu méiyǒu xìngqù
貸款 ， 想 問問 您 有 沒有 興趣？

Chǔ xiānsheng　　nǐmen dàikuǎn de lìxī shì duōshao
楚　先生：你們 貸款 的 利息 是 多少 ？

yínháng zhíyuán　　lìxī měi yuè zuì dī shì shíjì niánlìlǜ zhǐ
銀行　職員：利息 每 月 最低 是 0.09%，實際 年利率 只

yǒu
有 1.8%。

Chǔ xiānsheng　　shénme shì　shíjì niánlìlǜ
楚　先生　：什麼 是「實際 年利率」？

yínháng zhíyuán　　　shíjì　niánlìlǜ　jiùshì yǐ　niánlìlǜ　biǎoshì
銀行　職員：「實際 年利率」就是 以 年利率 表示

kèhù zài huánkuǎnqī nèi jièkuǎn'é suǒ xū jiǎofù
客戶 在 還款期 內 借款額 所 需 繳付

de yíqiè fèiyòng　bāokuò měi yuè gōngkuǎn hé
的 一切 費用，包括 每 月　供款　和

qítā fèiyòng　rú shǒuxùfèi　bǎoxiǎnfèi děng
其他 費用。如 手續費、保險費　等，

zhuǎihuà wéi shíjì　lìxī zhīchū de chéngběn
轉化　為 實際 利息 支出 的　成本　。

Chǔ xiānsheng　tài fùzá le　rúguǒ wǒ xiǎng dàikuǎn　wàn
楚　先生　：太 複雜 了，如果 我 想　貸款 50 萬，

huánkuǎnqī shì liǎng nián　wǒ měi gè yuè yào
還款期 是 兩　年，我 每 個 月 要

huán duōshao qián　wǒ yígòng huán qián de
還　多少　錢 ？我 一共　還　錢 的

zǒngshù shì duōshao
總數 是 多少 ？

yínháng zhíyuán　wǒ bāng nín suànsuan　qǐng shāoděng　　Chǔ
銀行　職員：我 幫 您 算算，請　稍等 …… 楚

xiānsheng　rúguǒ nín dàikuǎn édù shì　wàn
先生　，如果 您 貸款 額度 是 50 萬，

huánkuǎnqī shì　gè yuè　nà nín měi gè yuè de
還款期 是 24 個 月，那 您 每 個 月 的

huánkuǎn jǐn'é shì　　　yuán　huánkuǎn de
還款　金額 是 22,063 元，還款　的

zǒng jǐn'é shì　　　　yuán
總 金額 是 529,512 元 。

Chǔ xiānsheng　lìxī quèshí bù gāo　wǒ zuìjìn xiǎng zhuāngxiū
楚　先生　：利息 確實 不 高。我 最近 想　裝修

房子，倒是 真 想 貸款。

銀行 職員：我 現在 就 可以 幫 您 登記，然後 您
從 手機 上傳 文件， 收到 文件
後 我們 會 儘快 批核。

楚 先生：你們 批核 貸款 的 時間 大概 要 多久？

銀行 職員：一般 來說， 如果 您 提交 的 文件
齊全， 當天 就 能 把 貸款 轉到
您 的 賬戶。

楚 先生：除了 利息 以外，還 有 沒有 其他 費用？

銀行 職員：如果 您 貸款 50 萬 就 沒有 其他 費用
了，您 的 貸款 手續費、服務費 都 是
免收 的。

楚 先生：如果 我 想 提前 還款 可以 嗎？

銀行 職員：提前 還款 可能 要 付 手續費，這 要
看 當時 實際 的 情況。

楚 先生：好 的，那 我 跟 家人 商量 一下，

rúguǒ xūyào zài liánxì nǐ
如果 需要 再 聯繫 你。

yínháng zhíyuán　　hǎo de　wǒ jiào　　　　gōnghàor shì
銀行　職員　：好 的，我 叫 Kevin，工號兒 是 986678，

dàoshí nín kěyǐ zhíjiē liánxì wǒ
到時 您 可以 直接 聯繫 我。

qǐyè róngzī dàikuǎn
（二）企業融資 貸款

　Chén xiānsheng hé Huò tàitai zǎoshang yìqǐ yǐnchá liáoqǐle zuìjìn
（ 陳　先生　和 霍 太太 早上　一起 飲茶 聊起了 最近

de shēngyi
的 生意 。）

Chén xiānsheng　　nǐ zuìjìn zěnme le　zhěngtiān dōu chóuméi-kǔliǎn
陳　先生　：你 最近 怎麼 了？ 整天　都　愁眉苦臉

de
的。

Huò tàitai　　　　āi　zhè duàn shíjiān shēngyi bù jǐngqì　zījīn
霍 太太　　：哎！這 段　時間 生意 不 景氣，資金

zhōuzhuǎi bù kāi　chóu sǐ wǒ le
周轉 不 開，愁 死 我 了。

Chén xiānsheng　shì a　　jīnnián nǐ zhè yùnshū hángyè de
陳　先生　：是 啊， 今年 你 這 運輸 行業 的

shēngyi quèshí bù hǎo zuò　āi　nǐ zěnme bú
生意 確實 不 好 做。唉！你 怎麼 不

shìshi zài yínháng zuò gè qǐyè róngzī dàikuǎn
試試 在 銀行 做個 企業 融資　貸款

ne　wǒ yǒu yí gè zuò lǚyóu de qīnqi qián jǐ tiān
呢？我 有 一個 做 旅遊 的 親戚 前 幾天

gāng shēnqǐng le
剛　申請 了。

Huò tàitai
霍　太太　：需要　做　資產　抵押　嗎？我　就　只　需要　100

wàn　rúguǒ hái yào zuò zīchǎn dǐyā　nà jiù tài
萬，如果　還　要　做　資產　抵押，那　就　太

máfan le
麻煩　了。

Chén xiānsheng
陳　　先生　：我　記得　不　用，　好像　連　財務・報表

dōu bú yòng tígōng
都　不　用　提供。

Huò tàitai
霍　太太　：還款期　有　多久？如果　時間　太　短，

wǒ dānxīn zījīn zhōuzhuǎi bú guòlái
我　擔心　資金　周轉　不　過來。

Chén xiānsheng
陳　　先生　：還款期　從 12 個月　到　60 個月　不等，

nǐ kěyǐ shìshi shēnqǐng　gè yuè de huánkuǎnqī
你　可以　試試　申請　60 個月　的　還款期。

有的 條款 我 覺得 非常 適合 你，就是
yǒude tiáokuǎn wǒ juéde fēicháng shìhé nǐ jiùshì

頭 三 個 月 可以 申請 延遲 償還
tóu sān gè yuè kěyǐ shēnqǐng yánchí chánghuán

本金。
běnjīn

霍 太太 Huò tàitai : 延遲 償還 本金？
yánchí chánghuán běnjīn

陳 先生 Chén xiānsheng : 你 前 三 個 月 不 用 還 本金，只
nǐ qián sān gè yuè bú yòng huán běnjīn zhǐ

需要 償還 利息，前 三 個 月 的 本金
xūyào chánghuán lìxī qián sān gè yuè de běnjīn

累積 到 後面 的 還款期 償還。
lěijī dào hòumiàn de huánkuǎnqī chánghuán

霍 太太 Huò tàitai : 這 條 確實 有 吸引力，網 上 可以
zhè tiáo quèshí yǒu xīyǐnlì wǎng shang kěyǐ

申請 貸款 嗎？
shēnqǐng dàikuǎn ma

陳 先生 Chén xiānsheng : 可以 的，我 親戚 就是 在 網 上 申請
kěyǐ de wǒ qīnqi jiùshì zài wǎng shang shēnqǐng

的 你 先 在 網 上 註冊，建立 檔案，
de nǐ xiān zài wǎng shang zhùcè jiànlì dàng'àn

填寫 申請 表格，然後 上傳
tiánxiě shēnqǐng biǎogé ránhòu shàngchuán

文件 就 行 了。
wénjiàn jiù xíng le

霍 太太 Huò tàitai : 你 怎麼 這麼 瞭解？是 不 是 去 銀行業
nǐ zěnme zhème liǎojiě shì bu shì qù yínhángyè

發展 了？
fāzhǎn le

陳 先生 Chén xiānsheng : 別 開 玩笑 了。因為 前 幾 天 我 親戚
bié kāi wánxiào le yīnwèi qián jǐ tiān wǒ qīnqi

的 申請 就是 我 幫 他 在 網 上 做
de shēnqǐng jiùshì wǒ bāng tā zài wǎng shang zuò

de suǒyǐ zhīdào shēnqǐng de liúchéng
的，所以 知道 申請 的 流程 。

Huò tàitai
霍 太太 ： nánguài ne nà xūyào shàngchuán nǎxiē
難怪 呢，那 需要 上傳 哪些

wénjiàn
文件 ？

Chén xiānsheng
陳 先生 ： xūyào gǔdōng shēnfènzhèng bànniánnèi nǐmen
需要 股東 身份證 、 半年內 你們

gōngsī de yuèjiédān shuìwùjú fāchū de lìdéshuì
公司 的 月結單 、 稅務局 發出 的 利得稅

shuìdān sān gè yuè nèi nǐmen gōngsī de gōngyòng
稅單 、三 個 月 內 你們 公司 的 公用

shìyè zhàngdān sān gè yuè nèi qiángjījīn jiédān
事業 賬單 、三 個 月 內 強積金 結單，

hái yǒu suǒyǒu huòde qítā yínháng dàikuǎn de
還 有 所有 獲得 其他 銀行 貸款 的

zhèngmíng wénjiàn
證明 文件 。

Huò tàitai
霍 太太 ： nǐ zhè jìxing zhēn shì búcuò nà nǐ hái jìde
你 這 記性 真 是 不錯，那 你 還 記得

dàikuǎn lìxī shì duōshao ma
貸款 利息 是 多少 嗎？

Chén xiānsheng
陳 先生 ： āiyā zhège wǒ jiù jì bu zhù le wǒ xiànzài
哎呀，這個 我 就 記 不 住 了，我 現在

shàngwǎng chácha
上網 查查 。

二、詞語 🎧11-2

(一) 課文詞語

促銷 cùxiāo

利息 lìxī

還款期 huánkuǎnqī

裝修 zhuāngxiū

產生 chǎnshēng

生意 shēngyi

不景氣 bù jǐngqì

抵押 dǐyā

難怪 nánguài

貸款 dàikuǎn

繳付 jiǎofù

總數 zǒngshù

齊全 qíquán

工號兒 gōng hàor

愁眉苦臉 chóuméi-kǔliǎn

運輸業 yùnshūyè

報表 bàobiǎo

記性 jìxing

年利率 niánlìlǜ

複雜 fùzá

稍等 shāoděng

免收 miǎnshōu

融資 róngzī

周轉 zhōuzhuǎn

親戚 qīnqi

延遲 yánchí

稅務局 shuìwùjú

(二) 補充詞語

高利貸 gāolìdài

按揭 ànjiē

靈活 línghuó

首付 shǒufù

放款 fàngkuǎn

徵信 zhēngxìn

自由 zìyóu

分期 fēnqī

公積金 gōngjījīn

擔保 dānbǎo

成功率 chénggōnglǜ

發愁 fāchóu

粵	普
蝕錢	虧錢 kuīqián
攞籌	取號兒 qǔhàor
儲儲埋埋	攢起來 zǎn qilai
慳錢	省錢 shěngqián
全數	全部 quánbù
清卡數	還信用卡欠款 huán xìnyòngkǎ qiànkuǎn
入息	收入 shōurù

四、練習

1. 討論時間：

（1）哪些時候我們可能需要貸款？

（2）你會通過銀行貸款還是從財務公司借錢？

（3）你認為年輕人適合貸款嗎？為什麼？

2. 兩人一組，一人扮演銀行職員，一人扮演顧客。顧客王先生是在香港做生意的商人，最近這段時間公司財務運轉不開，想從銀行貸款。職員給他介紹一款小額貸款計劃。

參考詞語：

資金　緊張　周轉　靈活　利息　本金　貸款週期
金額

3. 用普通話說出下列句子。

(1) 唔好搵大耳窿借錢，利息係幾何倍數噉上。

(2) 手續好簡單啫，個零兩個字就做晒了。

(3) 申請貸款需要填寫啲乜嘢資料呀？

4. 朗讀練習。

　　資金周轉不開的時候，我們可能會考慮通過私人貸款的途徑來解決暫時的財政困難。貸款前我們應該認真考慮，瞭解不同機構和平台的信譽、貸款計劃的詳情、實際年利率、還款期、貸款額等等。貸到款項之後準時還款，這樣就可以讓你安心度過眼前的財務困難。

〈知識窗〉大灣區內地銀行按揭

　　隨着大灣區的日益發展，越來越多的香港市民欲前往內地置業，或自住或投資之用。在內地申請貸款已經成為很多市民的首選。申請手續簡便快捷，大多數銀行只需要貸款人提供香港永久居民身份證、住房銷售合同或不動產權證書、最近三個月銀行收入證明和香港的住址證明。無需很多申請步驟就可以幫助大家完成在大灣區的置業夢想。

第 12 課 房屋租賃
fángwū zūlìn

掃碼聽錄音

一、課文 12-1

（一）尋找 房源
xúnzhǎo fángyuán

（在 一 家 房屋 中介 公司 宣傳窗 外， 陳
zài yì jiā fángwū zhōngjiè gōngsī xuānchuánchuāng wài Chén

先生 正在 看 房源 信息。）
xiānsheng zhèngzài kàn fángyuán xìnxī

公司 職員 ： 先生 你 好，你 想 租 房子 嗎？
gōngsī zhíyuán xiānsheng nǐ hǎo nǐ xiǎng zū fángzi ma

陳 先生 ：哦！瞭解 一下，這 套 800 呎 的 房子 還
Chén xiānsheng ò liǎojiě yíxià zhè tào chǐ de fángzi hái

　　　　　有 沒有 ？
yǒu méiyǒu

公司 職員 ：你 進來 坐，我 給 你 詳細 地 介紹 一下。
gōngsī zhíyuán nǐ jìnlai zuò wǒ gěi nǐ xiángxì de jièshào yíxià

（陳 先生 走進 了 中介 公司 。）
Chén xiānsheng zǒujìn le zhōngjiè gōngsī

公司 職員 ： 先生 ，怎麼 稱呼 你？
gōngsī zhíyuán xiānsheng zěnme chēnghu nǐ

陳 先生 ：我 姓 陳，耳 東 陳 。
Chén xiānsheng wǒ xìng Chén ěr dōng Chén

gōngsī zhíyuán
公司 職員 ： 陳 先生 你 好，我 叫 Bella，這 是
Chén xiānsheng nǐ hǎo wǒ jiào zhè shì

wǒ de míngpiàn
我 的 名片 。

Chén xiānsheng
陳 先生 ： 謝謝。唉！剛才 我 看 的 那 套 房子 帶
xièxie āi gāngcái wǒ kàn de nà tào fángzi dài

jiājù ma
傢具 嗎 ？

gōngsī zhíyuán
公司 職員 ： 帶 傢具，而且 房子 也 是 今年 剛
dài jiājù érqiě fángzi yě shì jīnnián gāng

zhuāngxiū lí dìtiězhàn fēicháng jìn
裝修 ，離 地鐵站 非常 近。

Chén xiānsheng
陳 先生 ： 房子 是 洋樓 吧 ？
fángzi shì yánglóu ba

gōngsī zhíyuán
公司 職員 ： 是 洋樓 ，2015 年 建 的，而且 不 靠
shì yánglóu nián jiàn de érqiě bú kào

mǎlù hěn ānjìng
馬路，很 安靜 。

陳　先生：
Chén xiānsheng
zhè tào fángzi yǒu jǐ shì jǐ tīng
這 套 房子 有 幾室 幾 廳？

公司 職員：
gōngsī zhíyuán
zhè tào fángzi liǎng shì yì tīng nánběi cháoxiàng
這 套 房子 兩 室 一 廳，南北　朝向　。
zhè shì fángzi de zhàopiàn nǐ kànkan
這 是 房子 的　照片　，你 看看。

陳　先生：
Chén xiānsheng
ǹg fángzi de zhuāngxiū búcuò jiājù yě tǐng xīn
嗯！房子 的　裝修　不錯，傢具 也 挺 新
de cǎiguāng yě hǎo fángzi zài jǐ lóu
的，　採光　也 好，房子 在 幾 樓？

公司 職員：
gōngsī zhíyuán
zài lóu rúguǒ nǐ duì zhè tào fángzi
在 18 樓。如果 你 對 這 套 房子
gǎnxìngqù wǒmen kěyǐ yuē fángdōng jiànjian
感興趣　，我們 可以 約　房東　見見
miàn ránhòu qù kànkan fángzi
面，然後 去 看看 房子。

陳　先生：
Chén xiānsheng
ò hǎo de nà zūjīn hái néng piányi yìdiǎnr
哦，好 的。那 租金 還 能 便宜 一點兒
ma
嗎？

公司 職員：
gōngsī zhíyuán
zhège wǒ bú quèdìng búguò kěyǐ gēn fángdōng
這個 我 不 確定，不過 可以 跟　房東
liáo yi liáo kěnéng huì piányi yìdiǎnr
聊 一 聊，可能 會 便宜 一點兒。

陳　先生：
Chén xiānsheng
fángjiān li yǒu méiyǒu
房間　裏 有 沒有 Wi-Fi？

公司 職員：
gōngsī zhíyuán
xiànzài méiyǒu nǐ zhǎo jiā diànxùn gōngsī
現在 沒有，你 找 家 電訊　公司
ānzhuāng jiù xíng le hěn fāngbiàn
安裝　就 行 了，很　方便　。

陳先生：這套房子的大體情況我已經瞭解了，我回去跟家人商量一下兒。

公司職員：陳先生，方便留個聯繫方式嗎？我們跟房東談完房租後給你打電話。

陳先生：好的，你記一下，我的電話號碼是

5134 7066。

（二）租房簽約

（房屋中介 Bella 小姐打電話，催促陳先生簽約。）

公司職員：陳先生你好，我是地產公司的 Bella。

陳先生：你好，Bella 小姐。

公司職員：我們跟房東溝通了一下，他同意降價。

Chén xiānsheng　néng piányi duōshao
陳　　先生　：能　便宜　多少　？

gōngsī zhíyuán　fángdōng shuō jiànmiàn tán　tā yě xiǎng liǎojiě
公司　職員　：房東　說　見面　談，他 也 想　瞭解

yíxià　nǐ de qíngkuàng　rúguǒ shì yōuzhì zūkè
一下 你 的　情況　，如果 是 優質 租客，

tā yuànyì zài jiàgé fāngmiàn duō ràng yìxiē
他 願意 在 價格　方面　多 讓 一些。

Chén xiānsheng　nà shénme shíhou jiànmiàn
陳　　先生　：那 什麼　時候　見面　？

gōngsī zhíyuán　zhè tào fángzi xiànzài hěn qiǎngshǒu　biéde
公司　職員　：這 套 房子 現在 很　搶手　，別的

dìchǎn gōngsī yě fàngpán chūqu le　rúguǒ nín bù
地產 公司 也 放盤 出去 了，如果 您 不

máng　míngtiān xiàwǔ zěnmeyàng
忙 ，明天　下午　怎麼樣　？

Chén xiānsheng　hǎo de　míngtiān xiàwǔ liǎngdiǎn zěnmeyàng
陳　　先生　：好 的，明天　下午　兩點　怎麼樣　？

gōngsī zhíyuán　kěyǐ　wǒ gēn fángdōng yě quèdìng yíxià shíjiān
公司　職員　：可以，我 跟　房東　也 確定 一下 時間。

Chén xiānsheng　wǒ míngtiān shì bu shì yào jiāo zūjīn hé yājīn
陳　　先生　：我 明天 是 不 是 要 交 租金 和 押金？

gōngsī zhíyuán　shì de　yājīn hé zūjīn shì yā èr fù yī　hái yǒu
公司　職員　：是 的，押金 和 租金 是 押 二 付 一，還 有

wǒmen de yòngjīn
我們 的 佣金。

Chén xiānsheng　nǐmen de yòngjīn shì duōshao
陳　　先生　：你們 的 佣金 是 多少　？

gōngsī zhíyuán　hángjià　yí gè yuè de zūjīn
公司　職員　：行價，一 個 月 的 租金。

Chén xiānsheng　nà nǐmen huì zhǔnbèi hǎo zūlìn hétong ma
陳　　先生　：那 你們　會　準備　好 租賃 合同 嗎？

gōngsī zhíyuán
公司　職員 ：
hétong yí shì liǎng fèn　nǐ yí fèn　fángdōng yí
合同 一 式　兩　份，你 一份，　房東　一
fèn
份。

Chén xiānsheng
陳　　先生 ：
wǒ xiǎng zài wèn yíxià　rúguǒ wǒ xiǎng tíqián
我　想　再　問　一下，如果 我　想　提前
jiěyuē kěyǐ ma
解約 可以 嗎？

gōngsī zhíyuán
公司　職員 ：
zhège nǐ xūyào gēn fángdōng tántan　qiān yí gè
這個 你 需要 跟　房東　談談，簽 一個
tíqián jiěyuē xiéyì　jiù kěyǐ le
《提前 解約 協議》就 可以 了。

Chén xiānsheng
陳　　先生 ：
nà nǐ gěi fángdōng dǎ diànhuà　quèrèn
那 你　給　房東　打　電話　確認
yíxià shíjiān　rúguǒ jiàgé héshì　wǒmen míngtiān
一下 時間 ，如果 價格 合適，我們　明天
qiānyuē
簽約 。

gōngsī zhíyuán
公司　職員 ：
méi wèntí　wǒ yíhuìr quèdìng hǎo zài gěi nǐ huí
沒 問題，我 一會兒 確定 好 再 給 你 回
diànhuà
電話 。

二、詞語 🎧12-2

（一）課文詞語

租賃 zūlìn　　　　　房源 fángyuán　　　詳細 xiángxì

中介 zhōngjiè　　　稱呼 chēnghu　　　傢具 jiājù

裝修 zhuāngxiū　　洋樓 yánglóu　　　馬路 mǎlù

房東 fángdōng　租金 zūjīn　採光 cǎiguāng

安裝 ānzhuāng　聊一聊 liáo yi liáo　聯繫方式 liánxì fāngshì

地產 dìchǎn　降價 jiàngjià　面談 miàntán

優質 yōuzhì　願意 yuànyì　搶手 qiǎngshǒu

放盤 fàngpán　押金 yājīn

（二）補充詞語

樣板房 yàngbǎnfáng　違約 wéiyuē　租客 zūkè

二手家電 èrshǒu jiādiàn

三、粵普對照 12-3

粵	普
緊要	要緊 yàojǐn
喺度	在這 zài zhè
厘印費	租約印花稅 zūyuē yìnhuāshuì
鎖匙	鑰匙 yàoshi
單位	套間 tàojiān

四、練習

1. 討論時間：

   (1) 如果你租房子，你喜歡租一套什麼樣的房子？

   (2) 找個人租房子時我們應該注意什麼？

   (3) 你認為哪些房屋中介公司的服務和信譽比較可靠？

2. 兩人一組，一人扮演地產中介的職員，一人扮演顧客。顧客是一名白領，他想找一套房子，職員給他介紹幾套價格不同的房子。

   參考詞語：

   裝修　豪華　簡單　實用　配套設施　完善　治安
   周邊環境　坐北朝南　海景房

3. 用普通話說出下列句子。

   (1) 如果碌卡就有折頭㗎嘞。

   (2) 唔該你排隊攞籌。

   (3) 啱啱好，一百蚊，唔使找數。

   (4) 喺香港買樓係咪多數係買樓花㗎？

   (5) 聽講你年底準備結婚，買咗樓未吖？

   (6) 不過恐怕唔夠錢俾首期。

   (7) 香港好少清水樓，多數係有裝修嘅。

4. 朗讀練習。

　　香港地少人多，是一個寸土寸金的地方，在香港出租的房子可分為唐樓、洋樓、村屋、屋苑和豪宅。唐樓是沒有電梯，樓齡較久的套房。洋樓條件相對較好，配有電梯。村屋是當地村民自建的房子，地理位置較為偏遠，但面積比較大。屋苑跟內地的小區類似。豪宅顧名思義就是環境較為優質，配套較為完善的高端住宅。大家在租房子的時候一定要通過正規的渠道，避免「貨不對版」。

〈知識窗〉香港的唐樓

　　唐樓是香港極具地域特色的建築，早期唐樓採光不好，空氣不流通，面積擁擠，有時一覺醒來，看到一隻又肥又美的母雞在你身邊走來走去這絕對不是做夢。20 世紀 50 年代後香港人口急劇增加，為了解決住房問題，唐樓以實用簡約的風格為主，不少唐樓還安裝了電梯等現代化設備。這時不少唐樓都被分租，出現了我們熟知的「包租公」或「包租婆」。自 60 年代開始，香港進入了高樓大廈的年代，唐樓便漸漸成為歷史，取而代之的是嶄新的現代住宅樓。有專家提出，許多唐樓的建築風格獨特，代表着香港住宅建築的特色與歷史，應該將這些歷史建築完整地保留下來。

fùlù

附錄

漢語拼音方案

一、字母表

字母	A a	B b	C c	D d	E e	F f	G g
名稱	ㄚ	ㄅㄝ	ㄘㄝ	ㄉㄝ	ㄜ	ㄝㄈ	ㄍㄝ
	H h	I i	J j	K k	L l	M m	N n
	ㄏㄚ	ㄧ	ㄐㄝ	ㄎㄝ	ㄝㄌ	ㄝㄇ	ㄋㄝ
	O o	P p	Q q	R r	S s	T t	
	ㄛ	ㄆㄝ	ㄑㄧㄡ	ㄚㄦ	ㄝㄙ	ㄊㄝ	
	U u	V v	W w	X x	Y y	Z z	
	ㄨ	ㄪㄝ	ㄨㄚ	ㄒㄧ	ㄧㄚ	ㄗㄝ	

v 只用來拼寫外來語、少數民族語言和方言。字母的手寫體依照拉丁字母的一般書寫習慣。

二、聲母表

b	p	m	f		d	t	n	l
ㄅ玻	ㄆ坡	ㄇ摸	ㄈ佛		ㄉ得	ㄊ特	ㄋ訥	ㄌ勒
g	k	h			j	q	x	
ㄍ哥	ㄎ科	ㄏ喝			ㄐ基	ㄑ欺	ㄒ希	
zh	ch	sh	r		z	c	s	
ㄓ知	ㄔ蚩	ㄕ詩	ㄖ日		ㄗ資	ㄘ雌	ㄙ思	

給漢字注音時，為了使拼式簡短，zh, ch, sh 可以省作ẑ, ĉ, ŝ。

三、韻母表

	i ㄧ　衣	u ㄨ　烏	ü ㄩ　迂
a ㄚ　啊	ia ㄧㄚ　呀	ua ㄨㄚ　蛙	
o ㄛ　喔		uo ㄨㄛ　窩	
e ㄜ　鵝	ie ㄧㄝ　耶		üe ㄩㄝ　約
ai ㄞ　哀		uai ㄨㄞ　歪	
ei ㄟ　欸		uei ㄨㄟ　威	
ao ㄠ　熬	iao ㄧㄠ　腰		
ou ㄡ　歐	iou ㄧㄡ　憂		
an ㄢ　安	ian ㄧㄢ　煙	uan ㄨㄢ　彎	üan ㄩㄢ　冤
en ㄣ　恩	in ㄧㄣ　因	uen ㄨㄣ　溫	ün ㄩㄣ　暈
ang ㄤ　昂	iang ㄧㄤ　央	uang ㄨㄤ　汪	
eng ㄥ　亨的韻母	ing ㄧㄥ　英	ueng ㄨㄥ　翁	
ong （ㄨㄥ）轟的韻母	iong ㄩㄥ　雍		

（1）「知、蚩、詩、日、資、雌、思」等七個音節的韻母用 i，即：知、蚩、詩、日、資、雌、思等字拼作 zhi, chi, shi, ri, zi, ci, si。

（2）韻母ㄦ寫成 er，用作韻尾的時候寫成 r。例如：「兒童」拼作 ertong，「花兒」拼作 huar。

（3）韻母ㄝ單用的時候寫成 ê。

（4）i 行的韻母，前面沒有聲母的時候，寫成 yi（衣），ya（呀），ye（耶），yao（腰），you（憂），yan（煙），yin（因），yang（央），ying（英），yong（雍）。

u 行的韻母，前面沒有聲母的時候，寫成 wu（烏），wa（蛙），wo（窩），wai（歪），wei（威），wan（彎），wen（溫），wang（汪），weng（翁）。

ü 行的韻母，前面沒有聲母的時候，寫成 yu（迂），yue（約），yuan（冤），yun（暈）；ü 上兩點省略。

ü 行的韻母跟聲母 j, q, x 拼的時候，寫成 ju（居），qu（區），xu（虛），ü 上兩點也省略；但是跟聲母 n, l 拼的時候，仍然寫成 nü（女），lü（呂）。

（5）iou, uei, uen 前面加聲母的時候，寫成 iu, ui, un。例如 niu（牛），gui（歸），lun（論）。

（6）在給漢字注音的時候，為了使拼式簡短，ng 可以省作 ŋ。

四、聲調符號

陰平	陽平	上聲	去聲
ˉ	ˊ	ˇ	ˋ

聲調符號標在音節的主要元音上，輕聲不標。例如：

媽 mā	麻 má	馬 mǎ	罵 mà	嗎 ma
（陰平）	（陽平）	（上聲）	（去聲）	（輕聲）

五、隔音符號

　　a, o, e 開頭的音節連接在其他音節後面的時候，如果音節的界限發生混淆，用隔音符號（'）隔開，例如：pi'ao（皮襖）。

人體發音器官圖

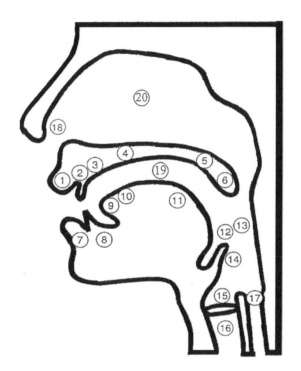

① 上唇 shàngchún   ② 上齒 shàngchǐ   ③ 齒齦 chǐyín

④ 硬腭 yìng'è   ⑤ 軟腭 ruǎn'è   ⑥ 小舌 xiǎoshé

⑦ 下唇 xiàchún   ⑧ 下齒 xiàchǐ   ⑨ 舌尖 shéjiān

⑩ 舌面 shémiàn   ⑪ 舌根 shégēn   ⑫ 咽頭 yāntóu

⑬ 咽壁 yānbì   ⑭ 會厭 huìyàn   ⑮ 聲帶 shēngdài

⑯ 氣管 qìguǎn   ⑰ 食道 shídào   ⑱ 鼻孔 bíkǒng

⑲ 口腔 kǒuqiāng   ⑳ 鼻腔 bíqiāng

附錄 3　漢語普通話音節形式表

	b	p	m	f	d	t	n	l	g	k	h	z	c	s	zh	ch	sh	r	j	q	x	(Null)
a	ba	pa	ma	fa	da	ta	na	la	ga	ka	ha	za	ca	sa	zha	cha	sha					a
o	bo	po	mo	fo																		o
e			me		de	te	ne	le	ge	ke	he	ze	ce	se	zhe	che	she	re				e
ai	bai	pai	mai		dai	tai	nai	lai	gai	kai	hai	zai	cai	sai	zhai	chai	shai					ai
ei	bei	pei	mei	fei	dei	tei	nei	lei	gei	kei	hei	zei			zhei		shei					ei
ao	bao	pao	mao		dao	tao	nao	lao	gao	kao	hao	zao	cao	sao	zhao	chao	shao	rao				ao
ou		pou	mou	fou	dou	tou	nou	lou	gou	kou	hou	zou	cou	sou	zhou	chou	shou	rou				ou
an	ban	pan	man	fan	dan	tan	nan	lan	gan	kan	han	zan	can	san	zhan	chan	shan	ran				an
ang	bang	pang	mang	fang	dang	tang	nang	lang	gang	kang	hang	zang	cang	sang	zhang	chang	shang	rang				ang
en	ben	pen	men	fen	den		nen		gen	ken	hen	zen	cen	sen	zhen	chen	shen	ren				en
eng	beng	peng	meng	feng	deng	teng	neng	leng	geng	keng	heng	zeng	ceng	seng	zheng	cheng	sheng	reng				eng
ong					dong	tong	nong	long	gong	kong	hong	zong	cong	song	zhong	chong		rong				
er																						er
u	bu	pu	mu	fu	du	tu	nu	lu	gu	ku	hu	zu	cu	su	zhu	chu	shu	ru				wu
ua									gua	kua	hua				zhua	chua	shua	rua				wa
uo					duo	tuo	nuo	luo	guo	kuo	huo	zuo	cuo	suo	zhuo	chuo	shuo	ruo				wo
uai									guai	kuai	huai				zhuai	chuai	shuai					wai

	b	p	m	d	t	n	l	g	k	h	z	c	s	zh	ch	sh	r	j	q	x	
ui				dui	tui			gui	kui	hui	zui	cui	sui	zhui	chui	shui	rui				wei
uan				duan	tuan	nuan	luan	guan	kuan	huan	zuan	cuan	suan	zhuan	chuan	shuan	ruan				wan
uang								guang	kuang	huang				zhuang	chuang	shuang					wang
un				dun	tun	nun	lun	gun	kun	hun	zun	cun	sun	zhun	chun	shun	run				wen
ueng																					weng
i	bi	pi	mi	di	ti	ni	li				zi	ci	si	zhi	chi	shi	ri	ji	qi	xi	yi
ia				dia			lia											jia	qia	xia	ya
ie	bie	pie	mie	die	tie	nie	lie											jie	qie	xie	ye
iao	biao	piao	miao	diao	tiao	niao	liao											jiao	qiao	xiao	yao
iu			miu	diu		niu	liu											jiu	qiu	xiu	you
ian	bian	pian	mian	dian	tian	nian	lian											jian	qian	xian	yan
iang						niang	liang											jiang	qiang	xiang	yang
in	bin	pin	min			nin	lin											jin	qin	xin	yin
ing	bing	ping	ming	ding	ting	ning	ling											jing	qing	xing	ying
iong																		jiong	qiong	xiong	yong
u						nu	lu											ju	qu	xu	yu
ue						nue	lue											jue	que	xue	yue
uan																		juan	quan	xuan	yuan
un																		jun	qun	xun	yun

中國行政區劃

直轄市 zhíxiáshì			
市		**簡稱**	
北京市	Běijīng Shì	京	Jīng
天津市	Tiānjīn Shì	津	Jīn
上海市	Shànghǎi Shì	滬	Hù
重慶市	Chóngqìng Shì	渝	Yú

省份 shěngfèn					
省		**簡稱**		**省會**	
黑龍江省	Hēilóngjiāng Shěng	黑	Hēi	哈爾濱市	Hā'ěrbīn Shì
吉林省	Jílín Shěng	吉	Jí	長春市	Chángchūn Shì
遼寧省	Liáoníng Shěng	遼	Liáo	瀋陽市	Shěnyáng Shì
河北省	Héběi Shěng	冀	Jì	石家莊市	Shíjiāzhuāng Shì
山西省	Shānxī Shěng	晉	Jìn	太原市	Tàiyuán Shì
甘肅省	Gānsù Shěng	甘	Gān	蘭州市	Lánzhōu Shì
山東省	Shāndōng Shěng	魯	Lǔ	濟南市	Jǐnán Shì
陝西省	Shǎnxī Shěng	陝	Shǎn	西安市	Xī'ān Shì
四川省	Sìchuān Shěng	川	Chuān	成都市	Chéngdū Shì
河南省	Hénán Shěng	豫	Yù	鄭州市	Zhèngzhōu Shì
江蘇省	Jiāngsū Shěng	蘇	Sū	南京市	Nánjīng Shì

安徽省	Ānhuī Shěng	皖	Wǎn	合肥市	Héféi Shì
浙江省	Zhèjiāng Shěng	浙	Zhè	杭州市	Hángzhōu Shì
江西省	Jiāngxī Shěng	贛	Gàn	南昌市	Nánchāng Shì
湖北省	Húběi Shěng	鄂	È	武漢市	Wǔhàn Shì
湖南省	Húnán Shěng	湘	Xiāng	長沙市	Chángshā Shì
福建省	Fújiàn Shěng	閩	Mǐn	福州市	Fúzhōu Shì
廣東省	Guǎngdōng Shěng	粵	Yuè	廣州市	Guǎngzhōu Shì
海南省	Hǎinán Shěng	瓊	Qióng	海口市	Hǎikǒu Shì
貴州省	Guìzhōu Shěng	黔	Qián	貴陽市	Guìyáng Shì
青海省	Qīnghǎi Shěng	青	Qīng	西寧市	Xīníng Shì
雲南省	Yúnnán Shěng	滇	Diān	昆明市	Kūnmíng Shì
台灣省	Táiwān Shěng	台	Tái	台北市	Táiběi Shì

自治區 zìzhìqū

自治區		簡稱		首府	
內蒙古自治區	Nèiměnggǔ Zìzhìqū	蒙	Měng	呼和浩特市	Hūhéhàotè Shì
寧夏回族自治區	Níngxià Huízú Zìzhìqū	寧	Níng	銀川市	Yínchuān Shì
廣西壯族自治區	Guǎngxī Zhuàngzú Zìzhìqū	桂	Guì	南寧市	Nánníng Shì
西藏自治區	Xīzàng Zìzhìqū	藏	Zàng	拉薩市	Lāsà Shì
新疆維吾爾自治區	Xīnjiāng Wéiwú'ěr Zìzhìqū	新	Xīn	烏魯木齊市	Wūlǔmùqí Shì

特別行政區 tèbié xíngzhèngqū

香港特別行政區	Xiānggǎng Tèbié Xíngzhèngqū
澳門特別行政區	Àomén Tèbié Xíngzhèngqū

中國內地與香港金融詞彙對照表

由於內地及香港兩地的市場術語有所不同，為方便內地投資者掌握香港的市場信息，香港交易所摘錄了香港媒體的財經新聞報道及香港交易所網站內經常出現的詞語，並將這些詞彙與其意思相同或相若的內地市場術語對照，編成以下的詞彙對照表。詞彙以香港市場術語漢語拼音排序。

拼音	香港市場術語	內地市場術語	英語
A	按盤價	名義價格	nominal price
	暗盤買賣	灰市交易	grey market price
	按金	押金；保證金	deposit
B	被挾倉；被逼倉	被迫倉	squeezed
	補倉；追收孖展	追加保證金通知	margin call
C	除牌	摘牌	delisting
	除淨日	除權日	ex-date
	籌集資金	募集資金	capital formation
	長倉；好倉	多頭倉位	long position
	出市員	出市代表	floor trader; authorised clerk
	長揸	長期持有	hold for long term
D	董事袍金	董事費；董事報酬	directors' fee
	對沖	對沖交易；套利交易；套期保值	hedging

拼音	香港市場術語	內地市場術語	英語
D	對盤	報價撮合；對盤	order matching
	點子	基點	basis point
	大額持倉申報制度	大戶報告制度	large position reporting system
	大閘蟹；被縛	套牢；多頭套牢；空頭套牢；給套住	tied up
	大手交易	大額交易	block trade
	短倉；淡倉	空頭；短倉	short position
	股息	紅利；股利；股息	dividend
F	覆盤	確認指令；執行委託回報	order confirmation
	風險披露聲明	風險披露書	risk disclosure statement
G	股份代號	股票代碼	stock code
	股份購回	股份回購	share repurchase
	股份過戶登記處	股份登記處；證券登記機構	share registrar
	股價敏感資料	股價敏感性信息	price-sensitive information
	窩輪；權證	權證	warrant
	高於面值	溢價	above par
	沽空對沖	賣出保值	selling hedge
	股份拆細	股份拆細；分拆；分割	split
H	核數師	審計師	auditor
	紅股派送	送股	scrip issue; issue of bonus share
	互惠基金	共同基金	mutual fund

拼音	香港市場術語	內地市場術語	英語
H	好淡爭持	多空爭奪	trading at narrow ranges
	核數	審計	auditing
	好友；看好股市者	多方	optimist
	獲豁免交易商；獲免註冊交易商	豁免註冊自營商	exempt dealer
	行業	板塊	sector
	紅背心	紅馬甲	trader's vest
	毫子股	香港專有用語，指股價低於港幣 1 元，但高於港幣 1 角的股票	low priced stock
	紅底股	香港專有用語，指股價超過港幣 100 元的股票	stock trading at $100 or above
J	交收	交割；交收	settlement
	交易所買賣基金	交易所交易基金	Exchange Traded Fund (ETF)
	結算	清算	clearing
	經紀行	券商；證券商	brokerage firm
	基本因素	基本面	basic factors
	基金單位持有人	基金份額持有人	fund unit holder
	挾好倉	多殺多；軋多；軋多頭	long squeeze
	挾淡倉	空殺空；軋空	short squeeze
	交易櫃位	交易席位；交易單元	trading booth
	即日鮮	當天交易；即日平倉買賣	day trade transaction

拼音	香港市場術語	內地市場術語	英語
J	價外	較現價不利	out-of-the-money
	價內	較現價有利	in-the-money
K	空倉	空倉；空頭	short position
	開市價；開盤價	開盤價格	opening price
	開市前議價時段	集合競價時段	pre-market open-ing session
	客戶戶口；客戶賬戶	委託人賬戶	client account
	可換股債券	可轉換債券	convertible bond
	斬倉	被迫拋售	forced liquidation
	開倉	建倉	open a position
L	裂口高開	跳空高開	open high at gap
	累積	積累	accumulate
	落後股	補漲股	laggard
	老鼠倉活動；食價	搶帽子；倒賣；投機倒把	scalping
	落盤	下單	placing order
M	孖展戶口	保證金賬戶	margin account
	買盤	買單委託；買方指令；買入委託	buy order
	賣盤	賣單委託；賣方委託；賣出委託	sell order
N	牛皮（市況狀態）	箱體	stagnant market
P	披露權益	權益披露	disclosure of interests
	平均每日成交額	平均日成交額	average daily turn-over

拼音	香港市場術語	內地市場術語	英語
P	票面息率；票面利率	票面利率	coupon rate
	平衡價格	均衡價格	equilibrium price
	平價	等價	at-the-money
Q	企業管治	公司治理	corporate governance
	強制清盤	強制清算	compulsory liquidation
	企業狙擊手	企業狙擊者	corporate raider
	清償債項	解除債務	discharge of a debt
R	入場費	投資起點；認購起點	minimum subscription fee
S	市場失當行為	市場不當行為	market misconduct
	收市價	收盤價	closing price
	碎股	零股	odd lot
	升幅	漲幅	percentage gain
	市場焦點	市場熱點	market focus
	實物股票；實股	實券	physical script
	市況疲弱	盤軟	weak market
	手	買賣單位	board lot
	神仙股	香港專有用語，指漲跌幅很大的股票	/
T	套戥	套利買賣	arbitrage
X	限價盤	限價委託	limit order
	行使	行權	exercise

拼音	香港市場術語	內地市場術語	英語
X	行使日期	行權日期	exercise date
	細價股	小盤股	small cap stock
	新股認購	申購新股	subscription of new stock
	仙股	香港專有用語，指股價低於港幣 1 毫（10分）的股票	penny stock
Y	擁有權	所有權	ownership
	月結單	每月對賬單	monthly statement
	預託證券	存託憑證	depositary receipt
	盈利警告；盈警	利潤警告	profit warning
Z	止蝕盤	止損委託	stop order; stop-loss order
	中介人	金融中介機構	intermediary
	資訊供應商	信息供應商	information vendors
	做好；做淡	做多；做空	long; short
	折讓	折價	discount
	債券孳息；債券息率	債息收益	coupon yield
	重磅股；重量級股票	重倉股；權重股	heavyweight stock
	震倉	震盤；軋空頭	squeeze
	走勢強勁	盤堅	strong market
	支持位；支持區	支撐線	support level; supportive level
	招股價	發行價	issue price
	招股書	招股說明書	prospectus

liànxí   dá'àn

練習答案

上部　普通話語言知識

第 1 課 普通話的聲調

三、練習

1. 第一聲：　天　杯　風　詩　聽

　　第二聲：　人　紅　麻　雷　學

　　第三聲：　海　紙　草　鼓　寫

　　第四聲：　地　唱　電　罵　樹

2.

　　　　ˇ ˊ　　　　　ˋ ─　　　　　─ ─　　　　　─ ˇ　　　　　─ ˊ

　　（1）掃描　（2）故鄉　（3）關心　（4）黑板　（5）家庭

　　　　ˇ ─　　　　　ˊ ˋ　　　　　ˋ ˊ　　　　　ˊ ˇ　　　　　ˇ ˋ

　　（6）老師　（7）排隊　（8）熱情　（9）遲早　（10）警告

第 2 課 聲母和韻母的拼合（一）

三、練習

1. （1）k、g　（2）p、b　（3）d、t　（4）k、g

　　（5）l、l　（6）t、d　（7）f、h　（8）b、m

　　（9）n、l　（10）h、m

2.

(1)　排

(2)　濤

(3)　浩　　　　　　● ai

(4)　飛

(5)　否　　　　　　● ei

(6)　號召

(7)　愛戴　　　　　● ao

(8)　走漏

(9)　醜陋　　　　　● ou

(10)　蓓蕾

3. (1) ia　　(2) iao　　(3) ie　　(4) uai

(5) üe　　(6) iou　　(7) uo　　(8) uei

4.

第二組：　㊀大　㊀佛　㊀喝　㊀體　㊀肚　㊀女

拼音：　　dà　　fó　　hē　　tǐ　　dù　　nǚ

第三組：　㊀踏　㊀摸　㊀樂　㊀批　㊀兔　㊀區

拼音：　　tà　　mō　　lè　　pī　　tù　　qū

第四組：　㊀卡　㊀坡　㊀可　㊀底　㊀苦　㊀舉

拼音：　　kǎ　　pō　　kě　　dǐ　　kǔ　　jǔ

第 3 課 聲母和韻母的拼合（二）

三、練習

1. （1）jiao：<u>驕</u> <u>矯</u> 角 叫
   （2）jie：<u>接</u> <u>結</u> <u>解</u> <u>戒</u>
   （3）qiao：<u>敲</u> <u>僑</u> 巧 翹
   （4）qie：<u>切</u> <u>茄</u> 且 怯
   （5）xiao：<u>消</u> <u>淆</u> 小 孝
   （6）xie：<u>些</u> 邪 寫 謝

2. （1）這輛巴士空調不夠，很悶！
   （2）魏敏玲不但人長得漂亮，心眼兒好，而且還勤奮好學。
   （3）剛剛我還看見小劉，一轉眼他就不見了。
   （4）哎喲，一隻風箏飛走了！
   （5）在教室裏嘰哩呱啦吵吵鬧鬧，是很影響其他同學學習的。

3.

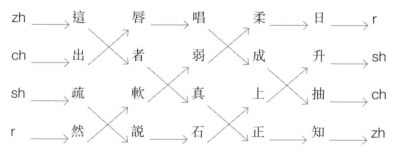

4. （1）D （2）B （3）C （4）A （5）B （6）B （7）A
   （8）C （9）D （10）D

5.

聲母	同聲母的漢字	聲母	同聲母的漢字	聲母	同聲母的漢字
j	結　雞　嬌	zh	摘　紙　知	z	災　自　雜
q	旗　強　群	ch	抄　池　春	c	操　詞　村
x	吸　興　歇	sh	濕　升　說	s	四　僧　色

6.

(1) 人民　　☑ rénmín　　　☐ réngmíng

(2) 英明　　☐ yīnmín　　　☑ yīngmíng

(3) 審判　　☑ shěnpàn　　　☐ shěngpàng

(4) 強項　　☐ qiánxiàn　　　☑ qiángxiàng

(5) 賓館　　☑ bīnguǎn　　　☐ bīngguǎng

(6) 芳香　　☐ fānxiān　　　☑ fāngxiāng

第 4 課 字母 y, w 和隔音符號的用法

三、練習

1. (1) 醫藥　(2) 游泳　(3) 意義　(4) 擁有

　(5) 盈餘　(6) 慰問　(7) 玩味　(8) 委婉

　(9) 威武　(10) 瘟疫　(11) 預約　(12) 逾越

　(13) 淵源　(14) 押韻　(15) 願望

2.

第 5 課 變調和音變

三、練習

1.

	（丶）		（－）		（ˊ）		（－）
（1）一杯		（2）唯一		（3）一會兒		（4）第一	

（●）　　　　（丶）（ˊ）　　　（丶）（ˊ）　　　（丶）（丶）
（5）說一說　（6）一心一意　（7）一模一樣　（8）一朝一夕

$(ˊ)$　　　　$(ˋ)$　　　　　　$(•)$　　　　　$(•)$

(9) 不對　　　(10) 不好　　(11) 對不起　　(12) 差不多

$(ˋ)(ˊ)$　　　$(ˋ)(ˋ)$　　　$(ˊ)(ˊ)$　　　$(ˋ)(ˊ)$

(13) 不聞不問　(14) 不清不楚　(15) 不見不散　(16) 不離不棄

2.

(1)　打招呼啊！

(2)　你多吃點兒，別客氣啊！

(3)　他是誰啊!

(4)　你說啊!

(5)　兒子啊，天氣冷了，要多穿點兒。

(6)　你快去報名啊!

(7)　你這個人真粗心啊!

(8)　好啊! 我們一塊兒去。

(9)　別往那兒走，這小巷很暗啊。

(10)　今天是誰的生日啊!

(11)　你的錢包放哪裏了，我沒找着啊!

(12)　你怎麼才說一半兒啊？

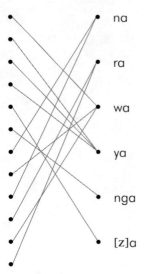

na

ra

wa

ya

nga

[z]a

3.

單韻母	a	o	u	e			
複韻母	ia	ua	üe	ie	iou		
鼻韻母	an	ong	en	ueng	üan	in	iong

第 6 課　普通話的輕聲和兒化韻

三、練習

1.

一	帆	風	順	手	牽	羊	入	虎	口
昇	平	淡	無	奇	珍	異	寶	刀	若
舞	生	花	妙	筆	伐	口	誅	不	懸
歌	逃	功	高	不	可	攀	暴	老	河
當	口	苦	弄	墨	守	龍	討	態	清
酒	虎	勞	文	規	成	附	逆	龍	海
對	成	惡	舞	鸞	歌	鳳	耳	鍾/鐘	宴
戶	人	逸	好	於	歸	言	之	鼓	安
當	三	過	不	事	其	成	玉	饌	鳩
門	衡	帶	散	鳥	聚	獸	猛	蛇	毒

2. （1）一時 半 會　　（2）三番 五 次　　（3）坐吃山 空

　　（4）添 油 加醋　　（5）不 知 不 覺　　（6）迫 不及待

　　（7）有頭有 臉　　（8）天花 亂墜

3. （1）啞 巴　 （2）腦 袋　 （3）擬聲　　（4）調節

　　（5）漂 亮　 （6）投靠　　（7）鮮明　　（8）餃 子

　　（9）海島　 （10）名 字　 （11）假設　　（12）厚 道

4. （1）這把梳子___zi___很漂亮。

　　（2）原子___zǐ___彈的威力很大。

(3) 他沒事的時候很喜歡嗑瓜子＿＿zǐ＿＿。

(4) 女子＿＿zǐ＿＿中學不收男生。

(5) 王先生不喜歡吃栗子＿＿zi＿＿。

(6) 田先生喜歡讀《孫子＿＿zǐ＿＿兵法》。

(7) 杯子＿＿zi＿＿、被子＿＿zi＿＿不分是廣東人常見的毛病。

(8) 子＿＿zǐ＿＿曰：「學而時習之，不亦説乎？」

5. (1) A (2) B (3) B (4) A (5) B

6. (1) 李先生説：我今天有空＿＿兒＿＿，請你們吃飯吧。

(2) 那個穿西裝的是我們的頭＿＿兒＿＿，他是潮州人＿×＿。

(3) 小明撞到了桌子，頭上起了一個大包＿×＿。

(4) 太太下個月過生日，我想買個包＿＿兒＿＿給她。

(5) 我最近工作壓力大，常常頭＿×＿疼。

下部　情景對話

第 1 課　開立銀行賬戶

四、練習

3.（1）我想看看我的賬戶餘額。

（2）你猜一下香港有多少家銀行？人們説銀行比米舖還多。

（3）麻煩您，在這兒簽個名。

第 2 課　信用卡服務

四、練習

3.（1）從這裏直走右轉，有三家銀行，取錢非常方便。

（2）今天你在銀行存了多少錢啊？

（3）去外邊吃飯刷信用卡行不行？

第 3 課　證券投資

四、練習

3.（1）預計美國來年會加利息，股票市場會比較波動，千萬
不要借保證金，不然發生什麼意外，隨時需要拋售。

（2）股票市場仍有可能下跌，千萬不要太快全部買進，
隨時都會血本無歸。

(3) 有些股票會莫名其妙地上漲，這肯定有人在操控，
小心別上了賊船呀！

(4) 今天不知道發生了什麼事，這隻股票突然被人洗盤了。

(5) 那些科技股剛剛被人軋空，現在又開始上漲了。

第 4 課 5G 金融時代

四、練習

3.(1) 今天是星期六，櫃枱不收支票，你可以把支票放在
那個箱子裏。

(2) 你們的服務態度真是不錯。

(3) 我這張卡在那台 ATM 機上能不能用？

第 5 課 保險服務

四、練習

3.(1) 請你們過來付清餘款，之後我們會通知你們拿保單。

(2) 麻煩您填一下這份表，還要把您的身份證給我複印
一下。

(3) 你現在去那邊的櫃枱辦理就行了。

第 6 課　網絡通訊

四、練習

3.（1）請你來這邊。

（2）麻煩你在那邊等一下，我會叫你的。

（3）我去哪一個櫃枱才行啊？

第 7 課　提防詐騙信息

四、練習

3. 阿圖和阿仁是大學同學，畢業幾年後又遇到了一起。阿仁在一家科技投資公司工作，公司跟一家初創公司合作研發新產品。阿仁勸阿圖投資，説一定會賺錢，只須投資十萬元，每個月有百分之十的利息，一年到期後可以拿回本金。項目在香港上市的時候，還會有股份優先認購權。阿圖心動了，就投資了十萬元。三個月後，阿圖找阿仁，説收了一個月利息後就沒有消息了。阿仁説自己的公司被合作夥伴騙了幾百萬，如果這筆錢追不回來，公司可能要破產了。

第 8 課　大灣區公司註冊

四、練習

3.（1）最近最熱門的話題就是到大灣區發展，大灣區是不是像金礦一樣，可以賺得盆滿缽滿？

(2) 我也瞭解得不多，只知道大灣區由廣東省的九個城市，再加上香港、澳門組成。

(3) 我們香港人要進去發展，肯定會像隻無頭蒼蠅一樣，要找一個顧問才行。

(4) 對呀。要不我們先去看看貿易發展局有沒有舉辦什麼考察團吧。

(5) 好主意！我給貿發局打個電話問一下，有消息再跟你聯絡。

第 9 課 銀行服務

四、練習

3. (1) 香港的銀行早上九點開始營業，下午五點關門。

(2) 我想開一個活期存款的賬戶和一個定期存款的賬戶。

(3) 看來我要到附近的銀行取點兒錢才行。

第 10 課 大灣區金融服務與投資

四、練習

3. (1) 你可以告訴我為什麼嗎？

(2) 請你把支票放到箱子裏。

(3) 你今天在銀行取了多少錢出來啊？

第 11 課 貸款服務

四、練習

3. （1）不要找高利貸借錢，他們的利息是呈幾何倍數上升的。

（2）手續十分簡單，五到十分鐘就可以完成了。

（3）申請貸款需要填寫什麼資料啊？

第 12 課 房屋租賃

四、練習

3. （1）如果刷卡就沒有折扣了。

（2）勞駕，請你排隊拿號兒。

（3）剛剛好，一百塊，不用找了。

（4）在香港，大多數人買房子也買的是期房嗎？

（5）聽說你年底準備結婚，房子買好了嗎？

（6）不過可能錢不夠付首期。

（7）香港很少有毛坯房，大多數都是裝修好的。

後記

　　《金融行業普通話》是針對香港以粵語為母方言人士需要編寫的金融專業普通話教材。進入信息時代，金融行業與時俱進，在業務發展上有很多變化。這些新情況在過去出版的有關金融行業的普通話教材中，很難得到充分的體現。

　　香港是世界公認的國際金融中心，金融行業從來是香港的主要行業，香港有句俗話説，「銀行多過米店」。本港金融人才濟濟，來自世界各地。金融行業所用交流語言，主要有英語、普通話以及粵語等。別的不説，其中對於運用普通話能力的要求越來越高。和中國內地人士交流，普通話是主要的語言，再加上中國台灣地區，還有東南亞和海外的華人社區，如果不能用普通話流利交流，工作便會有很大的局限。

　　目前來看，香港本地的金融專業人士，掌握運用普通話的情況還未夠理想，特別是在專業用語方面。因而這本教材可以幫助各級各類學校金融專業的學生學習普通話的金融專業語句，以助他們在職場競爭一臂之力；同時在金融行業培訓時可以廣泛使用。教材通俗易懂，對話口語化，配有多種練習，還有配音資料。教材隨時可以放在手機和電腦上，十分便於自學。

　　本教材在專業內容上具有涵蓋全面，與時俱進的特點，包括了在金融行業通用的許多內容，諸如開立賬戶、辦信用卡、

建新公司、證券投資、保險服務、貸款租賃、防備詐騙等，還包括 5G 金融時代、金融數字化、網絡通訊應用、粵港澳大灣區公司註冊及大灣區金融業務等嶄新的內容，可謂面目一新。

教材共有 12 課，每課兩篇課文，圍繞一個中心，還附有短文和知識窗來補充。列有課文詞語、補充詞語，以擴大詞彙量。粵普詞語和句子的對比，則幫助學習者轉換語碼，建立語言新思維。口語練習，設有情境，可以學以致用。饒有趣味的插圖，希望提高大家的學習興趣。

參考書目

1 《粵語語法講義》，鄧思穎，香港：商務印書館（香港）有限公司，2015

2 《紀律部隊普通話》，田小琳、畢宛嬰，香港：三聯書店（香港）有限公司，2017

3 《醫護人員普通話》，田小琳、李娥珍，香港：三聯書店（香港）有限公司，2019

4 《香港社區詞詞典》，田小琳，北京：商務印書館，2009

5 《香港語言文字面面觀》，田小琳，香港：三聯書店（香港）有限公司，2020

6 《香港粵語大辭典》，張勵妍等主編，香港：天地圖書有限公司，2018

7 《現代漢語詞典》（第 7 版），中國社會科學院語言研究所詞典編輯室，北京：商務印書館，2016

8 《粵語（香港話）教程》（修訂版），鄭定歐、張勵妍、高石英，香港：三聯書店（香港）有限公司，2021

9 《中港金融詞彙對照表》，香港交易所，2009

10 香港人在內地註冊公司需要辦哪些手續，要具備什麼條件？ [OL]，前海公司註冊前海百科，https://baijiahao.baidu.com/s?id=172200645000 7885894&wfr=spider&for=pc